僕が答える君の謎解き

你的谜题由我作答 1

［日］纸城境介 著

佳辰 译

上海文化出版社

图书在版编目(CIP)数据

你的谜题由我作答. 1 / (日)纸城境介著；佳辰译.
上海：上海文化出版社，2025. 8. -- ISBN 978-7-5535-
3174-8

Ⅰ. I313.45

中国国家版本馆 CIP 数据核字第 2025SZ1289 号

图字：09 - 2025 - 0108 号

出 版 人：姜逸青
责任编辑：王皎娇　董申琪
装帧设计：一亩幻想

书　　名：你的谜题由我作答1
作　　者：[日]纸城境介
译　　者：佳　辰
出　　版：上海世纪出版集团　上海文化出版社
地　　址：上海市闵行区号景路 159 弄 A 座 3 楼　201101
发　　行：上海文艺出版社发行中心
　　　　　上海市闵行区号景路 159 弄 A 座 2 楼　201101
印　　刷：上海盛通时代印刷有限公司
开　　本：889×1194　1/32
印　　张：7.625
版　　次：2025 年 8 月第一版　2025 年 8 月第一次印刷
书　　号：ISBN 978 - 7 - 5535 - 3174 - 8/I.1225
定　　价：49.00 元
告 读 者：如发现本书有质量问题请与印刷厂质量科联系　021 - 37910000

纸城境介的日常推理
——逆转的逻辑
钟声礼

纸城境介：轻小说与推理的交汇点

2014 年，纸城境介凭借《魔女狩猎的谢幕欢呼》获得"第一届集英社轻小说奖"优秀奖，正式出道。这部作品以中世纪奇幻世界观为背景，打造了一个横跨一千四百年的奇幻密室。该作以"打破因果律"的情节设计做出了对传统推理框架的突破，可谓精彩绝伦。

在这部出道作中，便能窥见纸城境介独特的创作风格，这些特点也深刻影响了他后续的创作。幽默轻快的角色互动，使他逐步向恋爱喜剧方向发展；尽管获奖的是轻小说类作品，但其中的推理元素极为丰富，展现出他对本格推理的浓厚兴趣。可以说，纸城境介从创作之初便在轻小说与推理小说之间架起了一座桥梁。

2021 年，他创作的日常推理作品《你的谜题由我作答》由星海社出版。这部作品再次呈现了纸城境介的轻喜剧叙事与推理美学。他巧妙提取了轻小说中广受欢迎的元素——如傲娇、吐槽等经典设定，并加以重新组合，使剧情既符合大众喜好，又不至于喧宾夺主。这种恰到好处的平衡，使本作不仅在轻小说读者群体中取得了成功，同时也收获了大量推理爱好者的喜爱。其真正吸引推理迷的核心，正是它足够有趣的设定和严密的逻辑推理。

本作核心设定是女主角明神凛音拥有瞬间知晓真相的"天启"能力，但无法解释推理过程，而男主角伊吕波透矢则通过逻辑反推，验证她的结论。这种"已知结果，逆向推导过程"的推理模式，结合纸城在此前从未展现过的高密度逻辑推演和伏线铺设，使得整部作品具有超凡的推理趣味。

《你的谜题由我作答》的精彩之处，往往是一段逻辑链的切入点。本作巧妙地赋予日常中最"平凡"的线索以"非凡"意义，直击读者思维中的盲区。这种写作手法直接冲击读者的内心，同时对作者而言也极具挑战性，需要在构思阶段投入极大精力。因此纸城境介在本作中展现的巧思与匠心，值得称道。更为难得是，本作多次出现了两条不同的逻辑链导向同一结论的精妙设计。这种反复挑战逻辑和推理极限的创作方法实在令人佩服。可以说，这种推理密度的日常推理作品在以往是十分少见的。

日常推理：平凡之中的非凡思考

日常推理的核心在于通过逻辑推理解决日常生活中产生的谜题。其正式成为一种流派，可追溯至北村薰的出道作品。1989 年，北村薰以没有杀人事件的本格推理短篇集《空中飞马》入选成为"鲇川哲也与十三个谜"的第六部作品。北村薰创作了一种全新的推理模式：由"我"发现日常生活中的谜题，再由落语大师春樱亭圆紫作为"侦探"进行解谜。

之后，随着米泽穗信《冰菓》系列的动画化和影视化，日常推理的概念逐渐被大众熟知。此后，许多轻小说会加入日常推理元素，如野村美月的《文学少女》系列和三上延的《古书堂事件手帖》系列。

日常推理的范围广泛，尚未有明确的分类标准，但大体可以分为以下四类：

1. 日常类：以日常氛围塑造为主，谜题稀释在故事之中。如米泽穗信的《冰菓》系列和北村薰的《空中飞马》。

2. 职业知识类：以特定职业的专业知识作为故事推动和推理的关键。如三上延的《古书堂事件手帖》系列。

3. 作中作类：从作者原创或者其他的文本信息中寻找相关者的意图。如《冰菓》中冰菓社刊标题的由来，以及北村薰的《六之宫公主》。

4. 解谜类：以纯粹的谜题与解谜过程为核心，如青崎有吾的《风之丘五十元硬币之谜》以及纸城境介的《你的谜题由我作答》。有趣的是，青崎有吾作为逻辑流推理小说作者，在《风之丘五十元硬币之谜》中削弱了推理密度，添加了许多轻小说式的人物设定和剧情；而作为以轻小说奖出道的纸城境介则反其道而行之，在《你的谜题由我作答》中反而更注重逻辑推理，并凭借其对轻小说叙事元素的熟练运用，使作品在人物塑造与剧情推进方面更显得游刃有余。

在所有日常推理类别中，日常类侧重日常氛围的构建和人物塑造；职业知识类则侧重冷知识科普；作中作类更注重对作品或人物进行解析，这些类别的日常推理作品，与以命案为核心的传统推理小说相比，关注点有所不同，因此呈现出独特的趣味性。然而，在这些分类中，唯有解谜类的日常推理作品，其着眼点和传统推理小说高度重合，皆围绕"谜题"和"解谜"展开。

从谜题本身的吸引力来看，"没有死人的日常谜题"往往不及"死人的谜题"来得刺激。这使得在剧情的吸引力上，解谜类的日常推理似乎会天生逊色一筹。不过正因如此，这类作品就更需要作者在谜题的设置和解谜的逻辑上下足功夫。解谜类的日常推理绝对不是传统推理小说的简化版，而是将着眼点落在了更自由的领域，以更灵活的姿态进行解谜、推理。如上文所述，《你的谜题由我作答》的逻辑推理的切入点十分精妙，恰恰得益于其日常推理的特质，使得"平凡又不平凡"的线索激发出"非凡"的推理魅力，达成惊艳读者的效果。这种自由度，正是日常推理的独特优势。通过严谨又精致的逻辑推理和极具趣味性的设定，纸城境介成功为日常推理赋予了前所未有的阅读体验。

而该作"日常的逻辑"能够匹敌甚至于战胜"死人的逻辑"的最大原因，便是纸城境介对于特殊设定的使用。

逆转的逻辑：推理的革新与挑战

本作的核心设定，直接改变了推理的运作模式。

在传统推理作品中，侦探通过线索推理出一个小结论，再通过其他线索佐证或者推翻当前的小结论。若是佐证，便以此逻辑链向下继续推理；若是推翻，则提出新的小结论，再循环前面的过程，最终得到一个大结论。

而本作中，由于女主角的"天启"能力，大结论是既定的。侦探要做的是推理女主角是怎么完成推理的，即"推理之推理"。这种设计的核心，不再是"达成的推理是否正确"，因为"正确的推理"已经确定。核心问题变成"到达正确推理的逻辑和使用的线索是否正确"。

如前文所述，传统推理作品往往运用排除法，通过线索将小结论排除，本作亦是如此，只不过排除的不是"结论"，而是"线索"。本作的设定强调，女主角一定是在知晓相关线索的情况下才能做出相应的推理，即推理的线索是充分的，而男主角则需要推理出女主角知晓和使用了哪些线索，这需要根据"推理结论"出现的时机展开推理——由于女主角的"天启"是在特定时刻被动触发的，因此几乎可以肯定，她在得出结论的瞬间，必然获得了某个"新的线索"。由此，在推理和剧情的设计上又能衍生出无限的可能。

毫无疑问"天启"是本作最精彩的部分，但要驾驭此"天启"绝非易事。然而，纸城境介却将其驾驭得非常出色，成功实现了一种针对逻辑的绝妙逆转，达成了一加一大于二的效果。

回顾纸城境介的推理创作，从《魔女狩猎的谢幕欢呼》开始，他便开始尝试颠覆因果律；到了《你的谜题由我作答》，则转向对推理逻辑本身的逆转；而在新作《夏洛克＋侦探学院》中，他再一次尝试逆转逻辑。可以看出，纸城在推理创作上的核心理念或许从未变过——以最扎实的逻辑推理，颠覆逻辑本身。

如此宏大而富有浪漫色彩的推理构想，不禁令人拍案叫绝。

至于纸城境介究竟是如何在《你的谜题由我作答》中完成这一精彩逆转，还请各位读者亲自走进他的推理世界，一探究竟。

人物关系表

伊吕波透矢

生性热心，好管闲事，被戏称为"阿妈"。梦想成为律师，将"无罪推定"奉为金科玉律。

明神凛音

拥有瞬间洞悉真相的能力。但由于她的推理是在潜意识中以极高的速度进行，故而就连本人也无法解释为何能得出结论。目前不去教室上课，长期躲在心理咨询室里。

明神芙蓉

学校的心理辅导老师，亦是凛音的亲姐。她以综合评价分数为交换条件，将让凛音重返教室的重任托付给透矢。

红之峰亚衣

凛音和透矢的同班同学，小个子辣妹。出于种种原因，对透矢表现出浓厚的兴趣。

目　录

第一话
小澄学姐和女生的证明

"我知道谁是犯人了。"

当明神凛音以恰如其名的凛然之音如此宣告之际，我不得不硬生生咽下长叹一声的冲动。

尽管我曾多次告诫她要保持沉默，但这个女人似乎全然没有理智。

我内心苦恼不已，一旁的明神凛音则波澜不惊地坐在沙发上，她虽欠缺亲和力，却有着极其周正的五官，以及让人联想到日本人偶的流畅而柔顺的黑发。不曾动摇的眼神里隐隐闪烁着智慧之光，全身散发着宛如神明现世般的魅力。

没错，只是看似如此。

这个女人眼中真正蕴含的并非智慧，而是野性。大猩猩般的暴力萦绕全身。不幸的是，在这间名为心理咨询室的房间内，唯有一人知晓真相——正是在下。

因此，坐在对面的咨询者——后乐濑乐学姐［高二（3）班，女子排球队所属］，正用闪闪发光的眼睛凝视着这位误入人间的猛兽——明神凛音。

"当……当真？你知道是谁偷了我的戒指……？"

"是的，真理不言自明。"

"到底是谁……？"

"犯人是——"

"等一等！"

在明神正欲毫不犹豫地指名道姓之际，我一把抓住坐在一旁的明神的肩膀，凑近她的耳边低声说道：

"不是说好要忍到事情结束吗？"

"我已经知道谁是犯人了，为什么不告诉她呢？"

"……姑且问一下，你能解释清楚吧？"

"既然已经知道是谁了，总有办法解释清楚吧？"

是这个道理。嗯，应该是吧。

结论之前必有逻辑。假使这不是毫无依据的猜测，而是毋庸置疑的真相，那就必然如此。

真相所在之处必有逻辑。

既然明神凛音已经宣称锁定了犯人，那就确实有着可以解释的推理。但我们能否将之寻获就另当别论了。

"伊吕波同学，每次都这么磨磨唧唧。"

明神微微地皱起了眉头，继续低声说着：

"她在寻求真相，而我已经知道了。所以我就把真相告诉她，仅此而已。"

正因为不是"仅此而已"才让人头疼啊！

还没等我出言反驳，咨询者后乐学姐便用左手护着右手小指，嘴里喃喃道来——

"这是我从那个人手里收到的宝贵戒指……虽然不是什么奢侈品……社团的大家，还有我最好的朋友小澄都夸它漂亮……真的是非常宝贵的东西……所以……"

"啊，就是那个人。"

我还没来得及阻拦，明神已然轻描淡写地说了出来。

"什么？"

面对后乐学姐茫然的表情，明神凛音依旧保持着不合时宜的凛然。

"偷走你戒指的人，就是你刚才提到的那个好友小澄。"

在长久的沉默之后——

我不得不使出浑身解数安抚这位怒发冲冠，歇斯底里的咨询者。

*

我，伊吕波透矢有一个信条。

无罪推定，疑罪不罚。

这是法治国家首先务必遵循的基本原则。在电视上被报道为"嫌疑人"的人物，只不过是有嫌疑的人，既未被定罪，也非罪犯。毕竟在这个扭曲的世界上，谚语未必正确，无风亦会起浪。

那么，"嫌疑人"是如何变为"犯人"的呢？

正是审判，辩论，证据。

倘若忽略这些进行指控，无异于寻衅滋事，还有可能严重损毁他人名誉。

即便告发最终被证明是正确的。

"明神，你明白我的意思吧？"

"对不起，刚才没在听。"

"拜托，好好听我说话，我正在解释你被骂的原因！"

明神凛音一脸茫然地嵌入了一片拼图。

窗外传来了足球社的呐喊声，室内一片沉寂，刚才的骚动宛如一场梦。

咨询室的窗前设置有一块白色隔板，这是为了遮挡外界的视线，保护咨询者的隐私。然而，明神凛音却把隔板隔出的靠窗空间当成了私人领地。

她在窗边的桌子上铺开了一幅大号拼图，此刻正在寻找下一片拼图的位置。解谜游戏的进度只有百分之三十左右，一旦完成，应该会出现某个国度的美丽风景吧。

我在专注解谜的明神对面坐了下来。

明神凛音安静地俯视着拼图。的确，光从外表看，她像极了一幅画。

流畅而柔顺的黑色长发，纤细的身形，长长的睫毛，高挺的鼻梁，纤薄的嘴唇，再加上即便临近夏日仍披在制服外边的披肩，无不散发着远离尘世的气质。

这也难怪。自从四月底以来，这位明神凛音就从未涉足自己所属的教室，可谓是彻头彻尾的家里蹲。作为宅家的替代，她几乎一整天都泡在这间心理咨询室——这是她那担任学校心理辅导老师的姐姐的地盘。而我之所以出现在这里，一方面是为了劝她跟我回教室，另一方面则是协助处理那些咨询者的委托。

当然了，按理说，处理咨询者的委托本该是学校心理辅导老师的分内职责。

之所以这项任务由外行的我和明神代劳，缘由之一是原本的心理辅导老师只是偶尔在这里露个脸，而另一个理由，则是这个家里蹲的明神凛音拥有某种特殊能力。

"偷戒指的犯人，就是她那个最好的朋友小澄，"明神用固执且孩子气的声音重复了一遍，"除了真相，还有什么是必需的呢？"

"我已经说过好多次了，仅仅这样还不足以称之为真相。"我耐心地重复着已经提过的意见，"只有你知道那是真理，可在你以外的人听来，只不过是你的臆想而已。除非你能提供证据，解释推理的过程。"

"推理……哎。"

"别叹气了！如果你只想独自占有犯人是谁的真相，并自得其乐的话，那当然用不着推理。可如果你想把真相传达给别人并让他们信服，就必须把得出这一结论的推理过程有条有理地解释出来。这是咨询中绕不开的环节。如果略去的话，就会像刚才那样惹恼咨询者——你也不愿看到咨询者气成那样吧？"

"好麻烦啊。"

明神边说边垂下了视线。同时"咔"地嵌上了一片拼图。

然而，那片拼图被拼错了位置。

不过我并没有直接指出错误，而是特意留待明神自己发觉。她明明很在意自己惹恼后乐学姐的事……真正麻烦的正是她自己。

"如果想到什么就说什么，只会招致更多的麻烦。现在有我在，还能勉强应付一阵。不过还是希望你能稍微体谅我一下。"

"你的目标是为了拿综合评价分吧。"

"能拿的分当然要拿，要是能通过推荐让考试尽快结束，我就能把更多的时间花在学习上了。更重要的是，你的鲁莽让人看不下去。"

明神对我的唠叨置若罔闻，她将身子倚在椅背上，轻轻地"呼"了一声。她的杯子已经空了，一副口渴的模样。好吧，真拿她没办法……

我拿起她的杯子，越过白色的隔板来到会客区，从水壶里倒了一些麦茶，然后回到窗边的桌前，"喏"了一声，把茶杯放在了她的面前。

明神一副理所当然的样子把杯子拿在手里。

"你这个人还真是时刻紧盯着我，简直和变态没两样。"

"请注意你的表达方式，注意点。"

明神露出了讥嘲的笑容。

"多谢你一直以来的照顾。"

"你这话出自真心?"

"不用吩咐就能端上茶来,真是非常好用。作为仆人,你算是及格了。谢谢。"

"看来你还真是这么想的!"

其实我并不是出于关照之心才照顾她的,只是觉得自己动手更快罢了。"自己的事情自己做"这种台词早就说得嘴皮生茧,可就算我耐心地教她如何泡茶,她还是一次次地忘得一干二净。

"总而言之,我们来复盘一下后乐学姐的咨询吧。"

"复盘又能有什么用?"

"当然有用了。"

我在桌面上摊开了记录咨询的笔记本。

"我要推理出你的推理啊。"

*

走进心理咨询室的时候,咨询者后乐学姐显得怯生生的。

心理咨询室接待的问题五花八门,既有重大的困扰,也可能只是日常的抱怨。不过,只要观察咨询者开门进来时的神态,就能大致判断问题的严重程度。

像她这样踌躇不定地迈进心理咨询室的,通常意味着她遇到了非常棘手的问题,很难找朋友商量。

她的身材比一般女生略显魁梧,此刻却微微蜷缩着身体,通过这样的姿态,可以窥见她是个内向的人。对于这样一个害羞的人来说,踏入心理咨询室的这一步并不容易——因此她带来的问题绝不可能只是一些微不足道的抱怨。

"戒指……不见了。"

8

后乐学姐如此说道。

"是男朋友送我的……那个，我还不想公开，所以千万别告诉别人——这是男朋友给我的戒指，虽然不是什么奢侈品……但那是他在我生日的时候特地买的惊喜礼物。我一直戴在身上……只有在社团活动的时候才摘下来，藏进包里。"

兴许是习惯使然，后乐学姐轻轻握着右手的小指。

据说她是排球社的成员，手指非常漂亮，指甲修剪得整整齐齐，没有一丝伤痕。说起排球，似乎是很考验手指灵活性的竞技——她想必很注重手部护理吧。

"可是……那是昨天的事了。社团活动结束后，我回到更衣室准备换衣服。打开储物柜，打开书包……当时并没有觉察到什么，但回家后仔细一看，才发现化妆包里的所有东西——包括粉底盒的盖子，全都被打开了。原本放在书包底下的笔袋跑到了最上面。发现情况不对，我才想起来清点东西……一番检查之后，发现戒指不见了。"

她的说法是"不见了"。

但事情显而易见，她的包有被翻动过的痕迹，这是一起盗窃案。

我开始向她询问细节：钱包有没有丢失？知道戒指存在的人都有谁？在社团活动期间或是更衣室里，有没有看到或者听到什么奇怪的事情？

"钱包没事，里边的钱一点也没少。知道戒指的人……只有男朋友、女子排球队的朋友，还有好友小澄。小澄虽然和我不是同一个社团，但因为身高的关系跟我很合得来。那个，奇怪的事情……我是真不太清楚。啊，很小的事也可以吗？唔……要说奇怪的事情，就是我在换衣服的时候，听到过一些声音，像是两根木棍撞在一起的响声……大概是清洁工具柜里的扫帚倒了吧。"

"就是这里。"

明神突然打断了我的复盘。

我从推理用的笔记本上抬起了头，看着明神那张若无其事的脸。

"这里？"

"听到这里，我就知道犯人是谁了。"

对于不明就里的人来说，这无异于胡言乱语。

毕竟我们还没仔细提问，只是粗略地询问了咨询的内容，并未做过任何调查。

而且——

"好吧，姑且问一句，你不知道你是怎么知道答案的，对吧？"

"正是如此。"

明神淡然地说。

没错，这就是明神凛音的特殊能力。

无论是什么样的疑案，她都拥有能像得到了神明的启示一样当即将之*解明*的能力。

自懂事之时起，明神就拥有了这种能力。明神家执掌着历史悠久的神社，家人将这种力量称为"天启"，称她为"神之子"或"天生的巫女"，并对此深感敬畏。

但我知道明神凛音并非向神明寻求启示，才获知犯人的信息。

她是通过推理，而且是以匪夷所思的速度进行推理，即便是她自己也无法解释。

最棘手的是，推理的全过程都是在无意识下进行的，因此外人看起来就像是天启——而实际上，绝对合理的推理就在她的心中。

在这间心理咨询室里，我的任务就是找出潜藏在她心中的推理。

将明神那看似胡说八道的推理，化作真正的解谜。

"嗯……"

然而，我只能一边盯着推理笔记，一边紧锁眉头。

"你该不会是在逗我玩吧？"

"这样做对我有什么好处呢？"

"可信息实在是太少了，很难单凭这些就确定犯人是谁。虽然确实出现了小澄的名字。"

我用自动铅笔的屁股敲击着自己的额头。

钱包没被人动过——也就是说，这不是以财物为目的的犯罪，而是专门针对戒指的犯罪。所以，我才会问有谁知道戒指的事情。知道这件事的人就是盗窃的嫌疑人。

可问题是，小澄为什么要偷戒指呢？更重要的是，究竟是什么原因让小澄不惜犯下罪行呢？我完全摸不着头脑。

"搞不懂啊！"

"要投降吗？"

明神哼了一声，嘴角微微上扬，仿佛带着一丝轻蔑。

"不，你明明什么都没做，别摆出一副了不起的样子……信息实在是太少了，得去寻找线索。"

"线索？我明明已经知道答案了……"

"要是你没法解释为什么知道，那就等于不知道。站起来，马上出发！"

"去哪儿？无论去哪儿我都拒绝！"

"你听过'现场百回①'这个词吗？"

我从椅子上一跃而起，一把抓住了明神的胳膊。

"我们去女子更衣室！"

∗

我拽着不情不愿的明神走出心理咨询室，朝着体育馆的方向走去。

从敞开的体育馆入口可以窥见篮球社训练的光景。

"说起来，现在已经是社团活动的时间了，"明神一脸好奇，毫不顾忌地张望着体育馆，开始咋呼起来，"哇，那个人明明是女生，个子居然这么高。"

我一把揪住她的脖子，把她拽了回来。

明神一脸无所谓的样子，黑发轻轻晃动，微微歪过了头。

"那个看起来扭扭捏捏的高个子——"

"是后乐学姐。"

"那个扭扭捏捏学姐是特地请假过来咨询的吗？"

你这个吊儿郎当的家伙，好好记住别人的名字吧。

我望向体育馆的内部。

"体育馆面积有限，所以排球社和篮球社轮流使用。今天是女排社休息日。"

"什么？女排社？"

"女子排球社团的简称，你是不是对学校生活太生疏了？"

"反正是三年后就再也用不着的知识。"

---

① 警察查案用语，意思是案件现场隐藏着解决问题的关键线索，即使走访一百回也要谨慎调查。

明神毫无感情地说道。

尽管明神在升学一年后就变成家里蹲，但这所学校是初高中一体化的，与转学过来的我不同，她的初中时代理应也是在这里度过的。看来无论去不去教室，她的生活方式都没有太大的变化。

更衣室紧挨着体育馆，位于体育馆旁一条小路的尽头。但这里不仅用于社团活动，也常作为体育课的更衣场所，所以我很清楚该怎么走。

男女更衣室的入口被一面墙遮挡着，就像公共厕所的入口一样。我朝着墙内望去，窥探着通往男更衣室和女更衣室的两扇门，目前两边好像都没人在使用。

"这样看来，这个结构真不太好。"

"伊吕波同学，难不成你是那种蹲守在更衣室门口，趁别人进出的时候往里偷窥的人？我很失望，再见。"

"你这个结论也下得太快了吧？我也知道这样设计是为了确保开门时不被外人看到里边，但即便如此，也该用墙把男更衣室和女更衣室的入口隔开才对。这样一来，就没法假装往男更衣室走，实际进的是女更衣室了。"

"顺便说一声，犯人小澄可是女生喔。"

"我知道。"

这一点我已经从后乐学姐那里问清楚了。听说是好友便下意识以为是女生，结果却是男生——这种低级错误我是不会犯的。

据说后乐前辈对她就女生而言过于高大的身躯很是自卑，直到她遇见了同为高个子的小澄。两人互相倾诉烦恼，成了意气相投的好友。

"在这种更衣室构造下，男生确实可以悄悄潜入女更衣室。我只是确认一下事实而已。"

"难不成你不相信我?"

"不信。"

我头也不回,斩钉截铁地告诉她。

"无罪推定,疑罪不罚。不管你多么明确地指出犯人,我都不会全盘接受。盲目相信和过度自信只会离真相越来越远。"

"是吗?"

我斜眼看着不太服气的明神。

"我相信最终能证明你是对的。"

"……"

明神移开视线,无所事事地用手指梳着自己的头发。

真是的,同样的话要我重复多少次才行啊?

我在女更衣室门前驻足,把手机屏幕的亮度调高了。

"怎么了?吓坏了吗?那就赶紧回去吧。"

"要让你白高兴一场了,请稍等一下。"

就在这时,叮的一声,一条消息传了过来。

"好,拿到许可了。进去吧。"

"为了这场非法闯入的戏码,居然特地去要了许可。"

"现在已经变成合法的了。不,是超越法律的闯入。"

"发这种许可的人也真是的……"

"那可是你亲姐。"

"所以我才这么说啊。"

明神和她的姐姐——即心理咨询室的主人,关系并不和睦。据说明神去心理咨询室上学,也是由姐姐半强迫安排的。哪怕看似随心所欲的明神,也无法完全不理会亲人的要求。

我把手搭在了女更衣室的门把手上——

"嗯……咦?"

咔嚓咔嚓,我一遍又一遍地拧着门把手,又拉又推,但只能听到嘎吱嘎吱的噪声,门根本就打不开。

"你在做什么?"

"不行,打不开。"

吱吱吱——体育馆里传来了篮球鞋摩擦地板的声音。要是动静太大,有可能会引起训练中的女子篮球社的注意。

"门锁着吗?"

说起女更衣室,自然是很容易被可疑人员盯上的场所,门可能也锁得很严。

"真是要命……"

就在我思索的时候,明神叹了一口气,摆出一副无奈的模样。什么情况?

"请让开,别挡道。"

"干什么?"

明神并不理会火冒三丈的我,站到了门前,用她那白皙得不健康的手握住了门把。

随着一声尖锐的嘎吱声,门终于打了开来。

"打开这扇门需要一点技巧。"

言毕,她用另一只手使劲把门撑住,一边扭动把手,一边将整扇门稍稍抬起。

门伴随着吱吱声打了开来。

"只是门框有毛病,并没有锁哦。"

明神得意扬扬地看向了我。

我只得强忍着苦涩说：

"女更衣室的门框不好，身为男生的我怎么可能知道？"

"这样啊，看来有我在这里真是太好了。"

特地把你带来就是为了这种时候啊，果然派上用处了。

我们进了女更衣室，随手关上了门。

这里的构造和男更衣室并没有什么两样，柜子占满了两边的墙壁，中间摆着两条长凳。若要说有什么不同，当数空气中弥漫着的甜腻香气，那是止汗喷雾抑或化妆品的气味。

"如果要调查的话，最好快点行动起来。虽然已经和老师打过招呼了，但目前正在热火朝天搞社团活动的女子篮球社可不知道有这回事。"

"我懂，这次调查必须秘密进行。"

"说得好听点是'秘密进行'，实际上就是'偷偷摸摸在女更衣室里翻找东西'吧？"

随便你怎么说。既然有后乐学姐这个委托人，这种事自然就是善举。

话虽如此，事情的确得在女子篮球社结束社团活动成员返回之前解决。而且，即便打着调查的名号，有些私人领域也是不能碰的。

是啊……尤其是储物柜的里边。先查查其他地方，要是仍找不到线索的话——

明神毫不犹豫地打开了身边的储物柜，然后毫无顾忌地扫视着里面的情况。

"喂，你这个人不知道什么叫'分寸'吗？"

"我这是特别关照，想在你变成罪犯之前完成调查啊。"

"要是你真不懂，那我就告诉你，擅自打开别人的柜子是不对的！"

"擅自闯入女更衣室的人居然有脸说这种话。"

可恶！难得她会摆出如此义正言辞的模样！

事已至此，也只能这样了。虽说对使用这些储物柜的女生们感到很抱歉，且让我们先简单调查一下吧，我拿出了我的推理笔记。

值得注意的是这里和男更衣室的不同之处——当我站在明神身后往储物柜内部窥探时，很快就发现了一个显著的区别。

"这里装了镜子啊。"

一面类似洗脸台上的长方形镜子贴在储物柜的内部，里边映出了我戴着眼镜的面孔，以及站在正前方的明神那异常周正的脸庞。

"每个储物柜里都有这个吧？"

"这应该不是储物柜本身自带的吧？女生们都自带这种东西吗？"

"不，我记得原本就有，很可能是毕业生们留下的。"

唔……平时动不动就往厕所挤，女生们可真是喜欢镜子啊。

这面镜子相当大，或许是为了避免遮挡，书包被放入了储物柜顶部的格子，男更衣室里没有那么大的镜子，所以随身物品一般都是放在中间的格子里。

"你看出什么了吗？"

"好像看出来了，又好像没有……"

"意思就是不知道咯。"

明神心满意足地说道。尽管同样给不出解释，不过见我解释不了她的推理，她似乎很是快活。

我暂时把储物柜撇在一边，把目光转向了正中央的长凳。

盗窃发生在昨天的社团活动期间，如果能在长凳底下发现犯人遗落的物品，那就轻松多了。可我弯下腰仔细查看，还是什么都没有发现，长凳底下落满了尘埃和泥土，看来疏于打扫已久。

"嗯?"

相比这些落灰，我发现了长凳本身的异样之处。

也许是为了防止事故发生，长凳的设计是圆角，但其中的一个角凹进去一块，像是被硬物撞击后留下的痕迹。

"这个凹陷是之前就有的吗?"

"唔……我是没什么印象。"

明神边说边坐在了长凳上，喝起了水壶里的茶。

她说最后一次使用这间更衣室应该是在四月底，也不知有几分可信。

"要不我们还是回去吧?"

"别这么快就腻了。"

"这里好难闻啊，我不太喜欢香水的气味。"

"你再忍忍，差不多查完了我们就走。"

我一边环视着女更衣室，一边苦苦思索着还有哪里没有检查，就在这时——

"累坏了!"

"去洗个澡吧。"

更衣室外边传来了嘈杂声!

"啊……"

"回来了!"

社团活动结束了吗? 已经这么晚了? 不，现在不是考虑这个的时候，要是不赶紧离开这里——话说还来得及吗?

"你发什么呆，快藏起来!"

明神一反常态地激动起来，一把抓住了我的手。

"藏起来……藏哪儿?"

"现在没得选了！"

明神把我拽了过去，打开了更衣室角落的柜子。

设置在角落的储物柜并非用来存放换下的衣服，而是用来收纳清洁工具的。里边没有镜子，只有一把扫帚和一个簸箕。

"麻利点，进去！"

明神不由分说地把我推了进去。

"痛痛痛，至少把扫帚拿开吧！"

"真磨叽！"

明神一把拽出扫帚，却露出犹豫的神情。要是把扫帚随手放在外边，肯定会引起怀疑。

"那边还有一个清洁工具柜，放到那里去！"

"哦，对。"

明神打开了对面的柜子，里边放了一柄拖把和一个水桶。她把扫帚往里一扔，迅速关上了柜门。

咦？

工具柜只有两个……明神要藏在哪里？

"请往里挤挤……"

明神一边低语，一边慢慢地挤进了清洁工具柜。

她的头发贴在我的下巴底下，散发着一股甜香。明神把左手按在我的胸口，勉强稳住身子。一双黑水晶般的闪亮眼睛偷偷瞥了我一眼，随即移开了视线。

我们之间的距离近得可以清晰听见彼此的鼻息。当两个人距离如此接近时，通常会注意到平时无法发现的细节。她那光滑的黑发经过精心的打理，没有一丝分叉，睫毛优雅地上扬，嘴唇有一层淡淡的唇膏光泽。尽管平时像个人偶，但归根结底，她也是个普通的少女，会稍稍化妆。

明神关上身后的门，储物柜里顿时一片漆黑。

就在这时，我突然意识到了一个问题。

"喂。"

"什么事？你的气呼到我脸上了，还是别说了……"

"要是有可以挤进两个人的空间，那就完全没必要把扫帚挪开，我一个人藏进去就好了啊。"

"嗯？那我藏什么地方……"

"你藏进那个放拖把的柜子不就好了！"

"啊！"

她傻乎乎地张开了嘴。

"是，是你说要挪开扫帚的！"

"你先推的我！"

可显然为时已晚。

正当我俩在逼仄黑暗的柜子里小声地争执不休之际，一大片女生的声音出现在更衣室。

"今天好累啊。""因为马上就要比赛了！""啊，好紧张啊！""我只是坐替补席的，所以轻松多喽。"

从储物柜门上方的缝隙里，可以窥见好几名女篮社球员的头部剪影。

就在这时，一只冰凉的手盖住了我的眼睛。

"这是犯罪。"

明神悄声说道。

这我当然知道，原本我就没有偷窥的打算。

然而，当视线被封印之际，其他感官反倒变得愈加敏锐。明神微弱的呼吸声、头发散发的洗发水香气、腿上传来的触感、胸膛上的纤细手掌的压力，以及若有若无的体重——这些知觉交织在了一起，仿佛只要稍微动一下手，就会触碰到明神的身体或秀发，因此我只能尽量保持不动。

与此同时，听觉却清晰捕捉到了储物柜外的动静。喷雾器的"嘶嘶"声，衣物摩擦的"沙沙"声，来源不明的"砰砰"声，还有——

"你们知道吗？冲人学长正在和二年级的后乐同学交往呢。""知道知道！""后乐同学啊，说得难听点，真不算可爱。""嗯，冲人学长应该选择挺多的吧。""哇，枫学姐真毒舌哦。""这话只能在这里说哦，只在这里！""果然是因为身高吧。""后乐同学身高多少来着？""应该有一米七？""冲人学长得有一米八吧，我的天。""说般配也真般配呢。""不过床有可能会塌掉（笑）。""哪怕去了情人酒店，也不会被认成高中生，肯定的。""真好啊，我上回去的时候还被拦下来了。""呃，难不成你跟那家伙已经……"

呜哇……太刺激了，女生们居然在聊这种事情！

比起男生，女生们讲这种话题更加活灵活现……她们怎么能如此坦然地说这些事呢？难不成所有女生都这样吗？

"！"

边上就有一个例外。

明神紧紧攥着我的制服，身体不住地颤抖，即便眼睛被蒙住也能感受到她的不适，看来她完全应付不了这种话题。这令我稍稍松了口气。要是连这家伙也在私下毫不忌讳地聊这些东西就太糟糕了。虽然这家伙几乎没有能私下聊天的朋友。

即便如此，我还是回想起了刚才听到的话。

出乎意料的是，后乐学姐有恋人的事似乎已经成了话题。虽然她平日里是个文静的人（生气的时候还是挺吓人的），但个子确实很高，就算和男生正面对抗似乎也不落下风。不愧是排球社的。

后乐学姐本人也曾说过，她对自己的身高有一些自卑。高个子的她最终交往的男朋友身高也超过了一米八。虽说我并不知道她对身高有多在意，但要找到如此高个子的对象恐怕并不容易。专程跑到心理咨询室拼命寻找戒指的举动也是可以理解的。

直到最后，女篮社球员还在绘声绘色地聊着那些事，一群人就这样走出了更衣室。

在这之后，我们总算逃出了狭窄的工具柜。

"我不信，我绝不相信……！"

明神黑发之下的耳根红得像火，她开始对着虚空发出抗议。

"这是犯罪，是犯罪！"

"嗯，如果对象是社会人，兴许是这么回事。"

对方如果也是未成年人，只要你情我愿，自然无碍法律。

明神用批判的眼神看向了我。

"你有和谁……"

"当然没有。"

她究竟想让我说什么？

"这样啊……那我就还能放心一点，差点就把你赶到我周围半径五公里以外了。"

"你有什么权力这样对我啊？"

我判断再继续这个话题恐怕不妙，于是漫不经心地把目光转向我们刚才躲藏的清洁工具柜。

"嗯？"

就在这时，我注意到一些异常。

我蹲在工具柜前，拿起放在柜子角落里的簸箕。

藏在簸箕后边的，是一本学生手册。

"这是……"

明神从我身后看了过来。

我拾起掉在储物柜角落里的学生手册，念出了封面上印着的名字。

高三（4）班，空科冲人。

"冲人？"

"这是后乐学姐男朋友的名字。"

这个名字也出现在了刚才女篮社员的闲聊中。

那个把失窃的戒指送给后乐学姐的当事人。

毫无疑问，他是男性——一个理应不可能踏进女更衣室的人，更别说躲进工具柜了。

这一点都不难推测。

就像我们刚才那样，空科学长从后乐学姐的随身物品中拿走戒指，然后慌慌张张地躲进了工具柜。

"喂。"

当我低声自语着转过身来时，明神凛音正全力移开视线。

"我再问你一遍，犯人究竟是谁？"

"不，不该是这样……"

谜团依旧存在。

明神向来百发百中的推理，为何失手了呢？

但不管怎样，这样就能拿回戒指了——后乐学姐的咨询也能成功解决。

事情本该如此。

＊

翌日。

通过情报网，我查到了空科冲人学长的行踪。当然了，他并不是什么逃犯，只是听说他午休时经常独自前往学校食堂，于是我决定趁午饭时间守株待兔。

"喂，明神，你忘记买餐券了。"

"餐券？"

当明神试图无视餐券机，径直走向柜台的那一刻，我一把揪住了她的后领。

明神一脸诧异地看着餐券机。

"这是什么东西？"

"你从来没在学校食堂吃过饭吗？"

"我可没兴趣在人这么多的地方吃饭。"

我的调查过程只有在她了解的情况下，才算有意义。这就是我把她从心理咨询室拽出来的理由，但她比我想象中还要宅得多。

"你平时午饭是怎么解决的？"

"妈妈和邻居们会帮我准备好。"

不愧是被宠溺的女儿。

"真拿你没辙，有在听吗？你得一次性记住了。我教你怎么用，只教一遍！"

而现实是我不得不教了三遍。

明神凛音向来是机械白痴，这次也不例外。

我们去了柜台，终于拿到了午餐。我点的是炸鸡定食，明神则点了肉片乌冬。

“特地在清澈的乌冬面汤里放油腻腻的肉，真是没品位的料理。”

“既然如此，你为什么要点这个？”

“正因为如此才勾起了我的兴趣。”

我们坐到桌边，明神很有礼貌地双手合十，说了一声“我开动了”。事实上，她的家教很好，虽说家教是很好——

“喂！头发掉到面汤里了，头发！”

“啊！”

简单来说，她的注意力缺失得让人怀疑，她的脑袋的几分之几正被某种后台程序占用着。

无奈之下，我只能拿出专门为这家伙准备的发卡，替她将长长的黑发拢起来。

我一边监视着食堂入口，一边吃着午饭，稍后，终于看到了与情报一致的目标人物。

我和明神的身高加起来才勉强够得上的高大男生——高三（4）班，空科冲人学长。

“巨人……”

明神咽下了乌冬面，嘴里喃喃地说道。虽然有些失礼，但我也能理解她说这种话的心情。

面对身高一米八的庞然大物，想要跟丢还真不容易。我们一边把吃完的餐具端到归还处，一边望着空科学长买了餐券，在柜台接过餐盘，找好位置坐下。

那张桌子上并没有其他学生，此刻正是良机。我领着明神接近了那个大块头男生。

"请问，是三年级的空科冲人学长吗？"

空科学长衔着汤匙，诧异地看向了我和明神。

听说他隶属于男子篮球社，有一身发达的肌肉，怎么看都像是打橄榄球的。位置是中锋。如果要和这样的人在空中一较高下，还真叫人替对手学校的队员捏一把汗。

走近一看，他的长相也很端正，难怪会成为女生们的谈资。后乐学姐大约是完成了一次标准的下克上吧。

空科学长开口说话之前，我先坐在了他对面的座位上。明神也跟着坐在了我的旁边，拿出刚才在自动贩卖机上买的汽水，噗的一声打开了瓶盖，这家伙居然会喝碳酸饮料？

空科学长把含在嘴里的勺子放回盘子，诧异地看着我们。

这时我确认到他握着汤匙的右手无名指上戴着一枚朴素的戒指。

"你们是……？"

"我是一年级的伊吕波透矢，这位是明神凛音，我们是心理辅导老师明神老师的助手。"

空科学长的眼中浮现出了大大的问号。究竟是对"明神"这个姓氏连续出现两次感到不解，还是对"心理辅导老师的助手"的头衔感到诧异，又或者单纯觉得我身旁这位正痛苦地把感叹号写在脸上的女生十分可疑。她果然喝不惯碳酸饮料。

我给明神递了瓶装茶，同时像往常一样，放弃了证明自己身份的尝试。毕竟，与其费力解释，还不如直接进入正题更为有效。

"这本学生手册是学长的吧？"

我边说边把空科学长的手册摆在了学生食堂的桌子上。

空科学长瞪大了眼睛。

"这是在哪儿找到的……？找不到以后我困扰了好一阵子。"

"是前天放学后找不到的吧？"

"嗯，是吧……确实是那时候开始找不到的，但你是怎么知道的……？"

"这本手册是在女生更衣室的清洁工具柜里找到的。"

空科学长并不算大的眼睛由于体型的关系看起来更小了。

然而此刻的他却把眼睛睁得滚圆，连虹膜都清晰可见。

"等……等一等！我……"

"我没有公开这件事的打算，我今天是来谈判的，"我把手按在了放在桌面的学生手册上，"用这本手册交换，希望你能把偷走的戒指还给我们，我们是受后乐濑乐学姐的委托前来处理这件事的。"

我不清楚空科学长为什么要偷走自己送出的戒指，但要是他听说对方在找，应该会还回去的。即便不愿意，起码也会解释一下缘由。

这就是我的计划，然而——

"偷……那枚戒指？"空科学长把眼睛瞪得滚圆，嘴里喃喃地道，"被偷了？是我送的那枚戒指吗……？"

"你不知道这件事？"

"不……不知道……"

空科学长突然陷入了沉默，开始思考一些事情。

怎么回事？他不知道戒指被偷了吗……？

看起来并不像是在演戏，似乎是真不知道。难不成——

"看来这位巨人学长不是犯人哦。"

一旁的明神凑到我的身边，一脸快活地小声说道。拜托，好好记住别人的名字吧。还有，别把不喝的碳酸饮料放在旁边的座位上假装是别人忘记的东西，这样太浪费了。

随着时间的流逝，空科学长眉间的皱纹越来越深。什么情况？他到底在想什么？

"不好意思……这本学生手册还是麻烦你们先保管一阵子吧，"过了片刻，空科学长语调深沉地说道，"我一定会把戒指拿回来的。到时候能把手册还给我吗？"

拿回来？

他已经知道了吗？那个被称作"小澄"的人物，就是偷戒指的犯人。

空科学长盘中还剩了一点咖喱，就直接端起托盘站起身来。

"请等一下！"

我连忙叫住了他，问了一句：

"你……你认识那位被叫作'小澄'的人吧？"

"……当然。"

既然是恋人的好友，理应是知道的吧？

正当我这么想的时候，空科学长说了一句意料之外的话。

"枫澄乃，是我的同班同学。"

……嗯？

同班同学？

"'小澄'是三年级的吗？"

"是啊，我们还同在篮球社……难道濑乐没告诉你吗？"

空科学长看起来有些诧异。

"她说'小澄'是她的好友，我还以为是同年级的……"

"她俩虽然年级不同，社团不同，但之前关系好得像姐妹一样。枫总是关照性格内向的濑乐……"

之前关系很好？

28

为什么要用过去式?

还有——枫?

——哇,枫学姐真毒舌。

原来是这么回事!

我从书包里拿出了推理笔记。

"嗯?怎么了?"

"请稍等一下,"一旁的明神波澜不惊地喝着瓶装茶,对空科学长说道,"他是那种非得把想法写在笔记本上才能理清思路的人,实在是笨得很哦。"

我回顾了迄今为止的笔记,将其像折线图一样连接起来,如此形成的一条线,就是名为真相的叙事。然而这只是我的想象,而逻辑的本质,正是将真实以外的可能性尽数排除。

可以否定该真相的假说,总共有十一个。

然而,十条证据却将其逐一推翻。

不多时,就只剩下最后一个假说。

我画了一个圈,将其标记出来。

这正是明神凛音之前得出的结论。

"学长,"我对着一脸错愕的空科学长说道,"依我的看法,就算你的办法真能奏效,但那也只是流于表面的解决方法。"

"什么意思?"

"你不打算把真相告诉后乐学姐吗?"

空科学长的眉头锁得更紧了。

"这样做有什么意义呢?这件事情我会妥善处置的,只要把戒指还给她,事情就算圆满解决了吧。"

"正因为你总是试图自行解决所有问题,所以才会在重要的礼物上犯错，是吧？"

"你说什么？"

听到我挑衅似的发言时，空科学长露出了困惑的表情，看来是起效了。

于是我微微一笑。

"我有一个提议。"

在这之后，空科学长一脸严肃地听着我接下来说的话。

数分钟后，我一边目送着空科学长的高大背影，一边轻声说道："对不起。"

"怎么了？"明神凛音疑惑地歪过了头。

……这真是太可笑了。

最早抵达真相的人，直到最后都是歪头不解的模样。

"你的推理是正确的。"

我拿起明神喝剩下的碳酸饮料，拧开了瓶盖。

＊

"太感谢了！"

翌日放学后，后乐学姐的脸上带着明快的笑容，走出了心理咨询室。

她的右手上并没有戒指，只剩下小指上的一道红印，然而，她的脖子上戴着一条银色的项链，正低调地散发着静雅的光泽。

虽然最后是否能顺利解决还不得而知，但看起来一切都在朝着好的方向发展。

"呼——"

我倚在沙发靠背上，沉浸在顺利破案的满足感中。就在这时，明神凛音冷冷地说：

"差不多该解释一下了吧?"

"我不是解释过了吗,代替发言轻率的你。"

"是啊,我的确听到了,进来偷戒指的是男朋友——巨人学长,但真正拿走戒指的却是在场的好友小澄学姐——这就是真相,对吧?"

"没错,但你能不能记住他们的名字?"

"说实话,这对我来说一点都不重要。"

真是个说话冷酷的家伙。

后乐学姐知晓了真相,并下定决心和小澄商量的模样,应该相当动人心弦吧。

"你——不,应该说是我,究竟是怎样推理出这个真相的,我想知道的就是这个。"

言毕,明神移步至白色隔板对面的窗边桌旁。

真是的,我希望你能对高中生的青春稍微抱一点兴趣——好吧,这话由我来说好像也不太合适。

我从客厅的沙发上站起身来,绕到了隔板的另一边。

明神已经坐在了桌前,面前是一份摊开的拼图。

拼图依旧布满空缺,虽然我可以大致想象出完成后的模样,但在完成之前,仍有诸多部分缺失。只有当所有碎片齐备之际,谜题才会从简单的猜想化为现实。

明神仍在窥视着仅存于她脑中的想象。

因此,我在她对面的椅子上坐下,直视着她的脸庞。

"明神,接下来我要向你证明,你确实解开了谜题。"

*

"首先,让我们根据调查的过程,复盘一下我是如何一步步揭示真相的。

"明神，在你宣告知晓犯人信息的时候，我连真相的尾巴都没抓住。关键信息缺失严重——这就是我的想法。但你所掌握的案件相关信息应该和我差不多，如果真是这样，那就说明你知道某些我不知道的信息，并且这些信息与这次的推理有关。

"你知道我所不知道的信息……对于连如何购买餐券都不知道的你而言，真的掌握了这样的信息吗？"

"当然有了，真是失礼。要不要我教你怎么用'音姬'呢？"

"就是这方面的信息。"

"啊？"

"我是男生，你是女生——我首先想到的就是这应该与性别有关。"

"性别？"

明神困惑地歪过了头。

我点了点头。

"音姬应该是女厕所独有的装置，用播放音乐来掩盖如厕的声音，对吧？"

"你怎么会知道的？恶心死了。"

"这种事应该是常识吧，但本质是一样的。作为案发现场的女更衣室，说不定有一些只有女生才知道的细节。"

"所以你才决定要调查现场，是吧？"

"而且还带上了你。要是没你在场，我很可能并不知道缺失了哪些信息。正如我想象的那样，女更衣室里确实有我这个男生不知道的情况。"

明神用细长的拇指轻轻抵着纤细的下巴，就这样陷入了沉思。

在等待的时间里，我抓起一片拼图，在手上把玩起来。

"是门……吗?"

"正确。"

明神说完，我便把拼图嵌入了正确的位置。

"门框有问题，只有掌握诀窍的人才能打开。这便是唯有使用女更衣室的女生们才知道的事情。"

"这有什么问题吗?"

"当时还没有成为问题，当我发现空科学长的学生手册的时候，就感到非常奇怪。"

"我不太想回忆这个，都怪你磨磨唧唧……"

"不好意思，但还请你回忆一下，稍后还会提到……空科学长确实潜入了女更衣室，不然他的学生手册不可能跑到那种地方。"

"有没有可能是某人偷拿了那个巨人学长的学生手册，放在了储物柜里呢?"

"这样做是为了什么?"

"这个……会不会是为了给他安上潜入女更衣室的污名?"

"如果真是这样，那就该把学生手册放在更显眼的位置吧，而不是清洁工具柜这种不容易被发现的地方。"

"怎么说呢? 也许放在这地方并不难发现呢。比方说，假设女生们在结束社团活动后有打扫更衣室的习惯……"

"没有这种事，更衣室的长凳底下布满了灰尘和泥土，看起来不像经常打扫的样子，那个工具柜也很少被打开。"

"唔……"

明神不甘地陷入了沉默，本该是她自己得出的推理，似乎成了她试图反驳我的论证。

"空科学长是出于自己的意志进入女更衣室的，所以之前提到的门就成了问题。"

"啊……"

明神轻轻地张开了嘴。

"身为男生的巨人学长，没法打开女更衣室的门吗？"

"这种可能性很大。就像我一样，男生并不知道怎么打开女更衣室的门。那么空科学长究竟是怎么进去的呢？"

"只要多试几次，总有一次能打开的吧？"

"那可未必。更衣室门口可以清楚地听到体育馆里的声音，反过来也是一样的吧？如果一直咔嚓咔嚓地推门，那么被体育馆里参加社团活动的学生们发现的可能性也会直线上升。空科学长一定会感到慌张，最终放弃吧。"

"你的意思是，他曾一度放弃潜入女更衣室？"

"是的，大概空科学长一度以为门是锁着的吧，所以当他决定再次尝试潜入时，理应去想更稳妥的办法。但在此之前，必须先明确一件事，空科学长为什么非得潜入女更衣室不可呢？"

"是为了偷戒指？"

"我问的是为什么要偷。戒指原本就是空科学长送给后乐学姐的礼物吧。自己送出的东西自己偷回来，这是不合理的。"

"他反悔了？"

"后乐学姐曾说过'那不是什么奢侈品'，所以这个可能性立即就被排除了。"

"这样的话……"

"我在调查女更衣室时也不知道。但看到空科学长对戒指失窃毫不知情的样子，我才恍然大悟，他并不是要偷戒指。"

明神歪过了头，脑门上飘满了问号。

"线索就在后乐学姐的小动作里。"

"小动作？"

"你忘了吗？她总是莫名地用左手遮住或握住右手的小指。"

"是啊……我还以为那只是习惯性的动作。"

"后乐学姐说她一直戴着戒指。如果真是这样，手指上应该会留下戒指的痕迹——但在可见的范围内，她的手指非常干净。唯一可能留痕的地方，就是她经常遮掩的右手小指。"

"你的意思是，后乐学姐把戒指戴在了小指上？"

"是啊。这点很奇怪吧？"

"哪里奇怪？"

"说起恋人送的戒指，那肯定是戴在无名指上。虽然不是结婚戒指，但右手的无名指应该是首选。事实上，空科学长就是把戒指戴在右手无名指上的。"

明神轻轻地蹙起眉头，不满地反驳道：

"可这也不意味着就不能把恋人送的戒指戴在小指上吧？我不觉得这有什么奇怪。"

"既然如此，为何要隐瞒呢？"

"这个……"

"如果她是自愿戴在小指上，那就不需要用手遮住。而且一边声称戒指不见了，一边还试图隐藏戒指，这也非常古怪——我，还有你也是这么想的。后乐学姐应该是把戴在小指上的戒指视为某种羞耻的象征。"

"羞耻……？小指上的戒指？"

"联想到空科学长把戒指戴在无名指上的事实，你应该一下子就能想到原因。"

我边说边把玩着手里的拼图，就这样等待了片刻。

明神沉默了一会儿，俯首凝视着未完成的拼图。

"尺寸……"

"嗯。"

"起初是想戴在无名指上的……但是尺寸太小了吗？"

"就是这样。"

咔的一声，我手里的拼图被嵌入了正确的位置。

"作为女生而言，后乐学姐的个头有点高了，是吧？一米七出头，即便和男生相比也算是高个子，所以她的手指应该也会相应粗一些。"

"尽管如此，巨人学长还是给了她一枚普通女生尺寸的戒指？"

"后乐学姐不是说那是'生日的时候送的惊喜礼物'吗？也就是说，空科学长没法提前获知她的手指尺寸。"

直到我明确指出，明神才恍然大悟，真是一个迟钝的家伙。

"后乐学姐性格比较内向，自然也不会主动提及这件事，于是只好把戒指戴在了小指上。可是……要是被空科学长看到，当然就瞒不住了。"

"所以其实是巨人学长的问题？"

"这是空科学长好不容易挑选的惊喜礼物，要是被他知道出了这么大的失误，那可就糟了。"

"所以她才一直在隐瞒吧？"

"是啊，哪怕戒指丢了以后，她仍旧流露出这样的习惯。"

"等一等，这么说来——"

看来明神的脑子终于挂上挡了。偶尔也得使用一下潜意识之外的功能吧。

"她藏起了戴着戒指的小指——这是不是意味着，巨人学长没法确认恋人有没有戴上他送的那枚戒指？"

"呦，不是能想到吗，脑瓜子挺好使的。"

"能不能别这样突然这么直白地夸我？"

"答对了就应该奖励一下——没错，空科学长没看到恋人戴着戒指的模样，这自然会引发他的胡思乱想：'她真的喜欢我的礼物吗？''她真的喜欢我吗？'"

"这种大块头糙汉子，会考虑这么敏感的事情吗？"

"别以貌取人哦，每个人都有细腻的一面。"

"连你也是？"

"是啊，所以请多考虑一下再行动。"

"那我尽量注意一点。"

她随口敷衍了一句，显然是在随便应付。

"原来如此。所以才想去确认一下，"明神主动将话题拉回了正轨，"他是想要确认，恋人是否戴着他送的戒指。"

"是啊，他只是想确认一下，并不是想偷。"

为了这个，他不得不潜入女更衣室。

后乐学姐隶属于女子排球社，这项运动很考验手指的灵活性，肯定不能戴着戒指训练。如果她平时戴着戒指的话，训练的时候应该会把戒指放进更衣室的行李里。

"那就问一声，直接确认一下不就得了……"

"正因为问不出口，所以才这么麻烦吧。"

嗯，我也没交过女朋友，这只是我的想象。

"总之，他决定潜入女更衣室，但发现门打不开，这意味着门是锁着的。那他该怎么办呢？"

"设法搞到钥匙?"

"谁可能会有钥匙?"

"既然是女更衣室……那一定是某个女生吧?"

"没错,他得寻求某个女生的帮助。"

明神点了点头。

"那个女生就是忸忸怩怩学姐的好友,同时也是巨人学长的同班同学——小澄学姐。"

"是枫澄乃学姐。"

"这名字听起来倒像一个姓氏。"

"是啊,所以第一次听到的时候我也没反应过来——我们躲在工具柜的时候,女更衣室里确实有个被称作'枫学姐'的人,是吧?"

"是啊。必须是篮球社,不能是排球社。所以枫学姐是协助空科学长潜入女更衣室的最佳人选。"

"这跟社团有什么关系?如果说她是忸忸怩怩学姐的好友,知晓戒指的存在,那我还能理解。"

"潜入更衣室的时间应该是排球社训练期间,只有能够自由活动的人才能做到吧?"

"啊……这么说来,体育馆是由篮球社和排球社轮流使用的吧?"

记忆力倒也还行。没错,若想在排球社活动期间潜入更衣室,排球社的成员无疑是最佳人选。即便被人撞见,也可以找借口说是来取忘记的东西。

"空科学长一定找她商量过,就说想确认一下戒指在不在,希望能进女更衣室什么的。"

"她竟然答应了这个请求?小澄学姐可真是个好人呢。"

"事情可没那么简单。"

"啊?"

"女更衣室没有锁门，单纯只是门框有点毛病，枫学姐不可能不知道。本来她只要把开门的诀窍教给空科学长就好了。"

"但事实上，他们还是一起潜入了更衣室，对吧?"

"是啊，这其中包含着明确的企图。虽然很难做出准确的猜测，但从实际发生的事情来看，应该是这样的——枫学姐大概是喜欢上了空科学长吧。"

"喜欢?"

"是啊。不是'Like'，是'Love'的那种喜欢。"

"你以为我有多么不谙世故啊?"

如果要问我这个程度，那答案只能是"无与伦比"——这件事先放一边。

"在接到空科前辈的请求后，枫学姐想必是这么想的吧——这里边或许有搞头。"

"什么? 镐头?"

"就是有机会，要是戒指不在随身物品里边，空科学长就会深受打击，那么枫学姐就能趁机上位。"

"伤胃……?"

听到陌生的词汇，明神的心智一下子倒退了十年。

"她们不是好友吗?"

"再深入讨论只会流于恶俗，还是打住吧。"

根据后乐学姐的说法，枫学姐和她都是高个子女生，这也是她们起初意气相投的原因。

然而，空科学长并未选择在同一个社团常常见面的枫学姐，而是选择和后乐学姐交往。

除此之外，我所知道的也只有更衣室里听到的那段对话。

——后乐同学啊，说得难听点，真不算可爱。

——嗯，冲人学长应该选择挺多的吧。

——哇，枫学姐真毒舌哦。

——这话只能在这里说哦，只在这里！

对于嘲弄后乐学姐的声音，另一个声音毫不犹豫地表示了同意。如果那个声音来自本该是好友的枫澄乃学姐的话……

算了，这件事已经结束了，那两人已经好好谈过，似乎已经达成和解。

"枫学姐只盼找不到戒指，所以一起潜入了女更衣室，但结果却……"

"找到了。"

"当她看到开心地笑着的空科学长，又会怎么想呢？"

"这个……"

明神露出一丝痛苦的表情，我见状哼了一声。

"你居然能理解？这种少女心思你也懂吗？"

"当然懂，这种心思就像我一直对你怀抱的感情一样。"

"啊？"

"恨得牙根痒痒。"

呃，是这样啊，别吓我。

"没错，我真的很气，因为你玩弄了我的纯真，所以恨得不行。"

"这真是一个悲伤的故事。"

"别说得好像杀了人一样，空科学长还活着哦……但我猜对方肯定下手了，还记得更衣室里长凳一角上的凹痕吧。"

"难道说……"

"虽然没有确凿的证据……我觉得枫学姐可能是从身后踢了他一脚，或是推了一把。空科学长因此跌倒，不巧的是，他的头磕到了长凳。长凳上的凹痕就是那时候留下的。空科前辈大概因此晕了过去。枫学姐当时肯定慌得不行，倒地的声音有可能被排球社的人听见了，要是放着不管，空科学长搞不好要背上污名，被人视作非法闯入女更衣室的变态……她没时间拖着身材高大的空科学长离开这里，情急之下只得采取苦肉计，把他塞进了清洁工具柜。枫学姐和后乐学姐的身高相当，又是篮球社的，应该有这个力气。"

"所以那个巨人学长不是自己钻进去的？"

"是啊，剩下的就是逃出去了。就在这时，枫学姐手里还有一个破坏自己恋情的可憎物件——空科学长找到的戒指。"

咔，又一片拼图嵌了进去。

事情的真相尽在于此。

然而，还有必须解开的谜团。

"我可以问个问题吗？"

"问吧。"

"刚才你说的这些，在我听完忸忸怩怩学姐的话时就已经想到了吗？"

"应该是这样吧。"

"那岂不是很奇怪吗？"

就在这时，明神拿起了一片拼图。

"在认定犯人的时候，我并不知道学生手册掉在了清洁工具柜里，所以我不可能想到巨人学长被塞进柜子里的情形。被打晕的事就更不用说了，我不知道长凳上有凹痕。"

明神把视线移向斜上方，用拼图凸出的部分戳着自己的脸颊。

"我猜你是看到巨人学长似乎不知道戒指被盗的反应，才联想到他在戒指失窃的时候失去了意识。不过在认定犯人的时候，我是不可能未卜先知的。"

"太对了。"

"你说你要找出我的推理——可这只是你事后追加的推理。"

"不必多虑，我当然想过了。在后乐学姐最初的陈述里，包含着能够推导出空科学长藏在工具柜里的线索。"

"忸怩学姐说过了吗？"

终于开始用简称了，这名字听上去像是个外国人。

"在你宣布案件解决之前，后乐学姐提到她在换衣服的时候听到声音了吧？"

"记得是木棍碰撞的声音吧……应该是清洁柜里的扫帚倒下的响动。"

明神把话说到一半，突然又咽了回去。只见她半张着嘴僵在那里。

"啊……"

"我不是让你回忆一下吗？"我咧嘴一笑，"当我俩躲进工具柜里的时候，把里边的扫帚移到了另一个柜子，而那个柜子里放着拖把——回想一下，扫帚和拖把各有多少把呢？"

"各一把……"

"对，每个柜子里各放一把，可如果要发出木棍碰撞的声音，起码需要两把。"

"你的意思是，忸怩学姐回到更衣室拿衣服的时候，扫帚和拖把已经转移到另一个工具柜里了……"

"你在体育课上用过更衣室。当你听到声音的时候，立刻就想到空科学长藏在了工具柜里。"

"那个时间点就能确定这么多事?"明神眉头一皱,"在那个时间点,有关隐藏在更衣室里的人物应该有两种可能。我之所以拿开扫帚,是为了把你硬塞进去。但要是只进一个人的话,柜子里边理应有足够的空间。既然需要挪动扫帚或拖把,那就意味着藏进去的人要么身材魁梧,或者是像我们一样藏了两个,对吧?"

"明神,你今天脑瓜子挺好使的。"

当然了,即便藏了两个人,此时也应该可以分别藏进两个柜子,但人这种生物很容易惊慌失措,既然我们在现实中也做了这种事,就不能排除这种可能性。

"可无论是哪种情况,空科学长藏在柜子里的事实是不会改变的。"

"为什么这么说?"

"因为你已经知道了,潜入更衣室的是一男一女。"

"潜入者是一男一女两人组——身材高大的多半是男性对吧。所以有可能是男生独自躲藏,也可能是男生和女生一起藏着……无论是哪种情况,男生都是要藏进去的,对吧?"

"没错,而且根据后乐学姐的说法,知晓戒指存在的就只有空科学长一人。"

"我是怎么推断出入侵者是一男一女的?是知道门框坏了吗?"

"不是哦,仅凭这点没法排除女生单独作案的可能……与此相关的线索在后乐学姐的简短对话中也有提及。从后乐学姐的叙述中,你觉察到某些不对劲的地方,虽然你应该没有自觉。"

"她说了什么不对劲的?"

"按后乐学姐的说法,她在回家之前都没觉察到什么异样,直到发现化妆包和粉底的盖子都被打开了，这才疑心起来。"

"是啊，很明显被翻动过了。"

"犯人只拿走了一枚便宜的戒指，这时应该就可以表明这人并非为了求财，而是以那枚戒指为目的翻动了后乐学姐的包——但这就太奇怪了，居然连粉底盒的盖子都要打开。"

"啊……"

明神微张着嘴，稍稍垂下了视线。

"确实是这样。没人会把戒指收在这种地方，会弄脏的。"

"对，没人会这么做，这种东西看一眼就明白了，只需知道那件东西是粉底就行。"

"什么？"

见明神脸上流露出一丝困惑，我有些尴尬地解释道：

"这里也有性别上的差异。男生大都不会化妆，自然也不会随身携带化妆包。对男生而言，女生的包中之物本就是未知领域。哪怕在化妆包里翻出一个小圆盒，也不可能立刻认出是粉底。反倒会觉得'这盒子用来放戒指刚好合适'。"

"是啊，但如果是女生的话，应该看一眼就能明白。"

"当然了，除非是特别不修边幅的女生。虽然时间紧迫到连逐一盖上盖子都做不到，但后乐学姐包里的东西还是被收拾得整整齐齐，以至于没法一下子看出来。显然手法十分娴熟——*翻找的人和收拾的人形象有所不符*。"

"所以说……是两个人？"

"很有可能是一男一女的组合，前者是男生，后者是女生——还有一种推测，在收拾行李的时候，男生可能处于无法行动的状态。"

"那两人分工的可能性呢？男生负责寻找戒指，女生负责整理东西。"

"不行。我刚才就说过了，从化妆包里的东西没盖好这点来看，整理东西的时间非常有限。与此同时，包却被翻了个底朝天——就连最底下的笔袋都被翻了上来，这只有在时间充裕的时候才能做到，所以寻找戒指和整理东西是在不同的时间段进行的。因此，符合逻辑的推测是，男生在翻完包后没法收拾，不得已由女生接手整理。"

"巨人学长晕了过去，被塞进了工具柜里，我是从异常响动和化妆包的状况，推测出这样的事情经过吗？"

"空科学长没有偷戒指的动机，他只想确认一下，从后乐学姐的小指上的戒指痕迹就能得出这样的推理，所以犯人必然是在场的女生，并且那个女生知道戒指的存在。要么是女子排球社的某人，要么是枫学姐——当然了，在那段时间里，女子排球社的成员都在体育馆一门心思地训练。所以你就得出结论，犯人是枫澄乃学姐。"

我拿起一片新的拼图，咔的一声嵌了进去。

这几天来一直在拼的拼图，终于显露出了其完成的模样。果然是国外的——或许是德国或者某个国家的城堡的照片。

但离真正完成还差最后一片。

最后一片拼图就握在明神的手里。

"这就是被你解开的谜题的正确答案，你还有什么挂念的吗？"

"这个……虽说是无关紧要的小事……"明神一边用那片拼图咔嗒咔嗒地敲着桌面，一边直视着我的眼睛，"就是刚才关于粉底的推理。"

"如果是女生的话，应该知道戒指不会放在这种地方——是这条推理吗?"

"没错……你是怎么想到的呢?"

呃……

仿佛要看穿我的内心一般,明神倏然眯起了眼睛。

"你没有立刻发觉怄怩学姐陈述中不对劲的地方,这说明这也在你的想象之外吧?女生是不会在粉底盒里找东西的,你怎么会突然想到了这个?要是没有契机,那就不合逻辑。"

真是的,对自己的推理如此宽容,却偏偏对我的推理吹毛求疵。

也罢,有关这点,我已经想好了答案。

"柜子里的镜子。我看到女更衣室的柜子里贴着镜子,就联想到了化妆。"

"当真?"

"你凭什么怀疑我?"

"不知道,只是直觉。"

真是个难对付的家伙。

"那就是无罪推定了。"

"喂!"

我飞快伸出手去,从明神手上夺过最后一片拼图,咔的一声嵌入了最后的孔里。

巨大的外国城堡终于宣告完工。

明神朝我瞪了一眼。

"你是不是对我隐瞒了什么?"

"你在说什么,我听不懂。"

"骗人!"

"你要是真这么想，那你也来推理一下我的推理吧。"

就在这时，广播里开始播放催促离校的广播。都已经到这个点了？

我拿着书包站起身来，俯视着一脸不服的明神。

"疑罪不罚，举证责任在于检方。没有合理的指控，就是无缘无故地损毁名誉。"

"……"

明神盯着我看了好一会儿，像是有话要说。

然而，她最后还是站了起来，盖上了完成的拼图。

"谢谢你。"

"嗯？"

"谢谢你思考了我说的话（推理）。"

夕阳透过窗户洒进室内，为明神的身姿镀上了一层金光。明神幽幽地移开视线，露出了奇妙的表情，令人不由自主地想要举起相机，定格此番光景——好吧，这点我必须承认——她的模样，实在是美丽动人。

但她立刻又露出了像被拒绝请求的孩子一样的表情，瞪了我一眼。

"不过，总有一天，我要扒下你的面具。"

"我可不记得戴过这种东西，要是你真能做到，我也就功成身退了。"

反正她是不会明白的。

——就在这时，你移开了视线。

所以你根本觉察不到，当时的我正以极近的距离观察你的睫毛和嘴唇。

证据不足，不予起诉。

47

第二话
小个子辣妹同学和少女的逆鳞

想当初，我们班曾发生过霸凌事件。

仅仅一天——不对，仅仅持续了一分钟。

虽然只发生在片刻之间，却是无可辩驳的事实。

时至今日，我依然能准确回忆起那个早晨。我匆匆走上教师办公室旁边的楼梯，在教室前与要去洗手间的女生们擦肩而过的情形，以及推开教室后门瞬间感受到的异样气氛。

清晨起骤然降临的雨水，正以猛烈的气势拍打着教室窗户。

在这般背景下，她——明神凛音站立的身影，犹如画作一般鲜明地映入眼帘。

倘若当时围观的同学们忽然拿出画布和画笔，开始描绘她的身姿，恐怕也没人会觉得不妥。

不过，前提是她此刻并非正低头注视着那张被涂满涂鸦的课桌。

"是谁干的……"

有人低声嘟囔了一句。

这绝非责难，而是混杂着一丝恐惧的低吟。仿佛在探问是谁胆敢冒犯绝世出尘、不可侵犯的她。教室里，视线交错横飞，除去其中唯一的犯人外，无人知晓答案。

明神凛音垂着长发，凝望着脚边的干燥落叶，随后抬起头来，望向最前排的座位。只有那个座位侧边的窗户被窗帘遮住半边，那个人的身影就隐藏在淡薄的黑暗中。

没错，到此为止，时间只过去了一分钟。

事实上可能更久，不管怎样，对我们而言就只是弹指一挥间，从明神凛音发现自己那张覆满涂鸦的桌子，到她望向那人的身影，这个瞬间，就是我们班发生霸凌事件的全部时间。

"真理不言自明。"

这是一声呢喃。

然而，这声低语伴随着宛如教堂钟声般的庄严，响彻了整个教室。

何其优美的身姿——如神明一般。有那么一瞬，所有人都心醉神迷……因此，我们未能立即意识到关键问题。

——究竟是谁？

我们未曾意识到的，就是这个问题的答案。

明神凛音的长发在空中跃动。

正当我这么想的时候，她以愤然的脚步穿过教室。

目标直指*那个人*的座位——靠窗第二列的最前方。

那个人正若无其事地坐在椅子上。可当明神凛音来到其身边时，对方便像遭到拉扯般回过了头。那人面色冰冷，眼神中夹杂着一丝敌意，就这样抬头看向明神，张口欲言。

大概是想问"你想干什么"吧？

然而还没来得及说出口，明神凛音的拳头便锐不可当地直扑脑门，那人痛得咬住了舌头。

"哎哟！"

那人——那个女生发出了一声充满傻气的惨叫，从椅子上跌落下来，捂住头和嘴，痛苦得几欲晕厥。

明神凛音熟练地整理裙子，随即蹲在她身边，凛然宣告道：

"你就是犯人。"

这并非质问，也非确认。

这是陈述事实——有如神谕一般。

"你……你有什么证据？"

女生泪眼婆娑地回了一句，虽然看似认同了自己的嫌疑，但作为反驳还是很合理的。

她是怎么知道的？

那家伙并未表现出任何特别可疑的行为，甚至成功将气息彻底融入了旁观者之中。可在这须臾之间，她是如何断定对方就是犯人的呢？

——我不能接受。

是啊，我不能接受——教室里的一切都在明神凛音的支配之下，她的一言一行都被奉为神迹，我无法接受这样的气氛。

她是怎么知道的？

对于盘桓在头脑中的疑问，明神凛音并没有给出答案。

她站在那里，目光坚定，一言不发，对着名为犯人的女生抬起了右脚。

"啊……"

倘若明神凛音的指控属实，那么她确实拥有给予对方一拳一脚的权利。

她所承受的羞辱是如此之重，若将此事诉诸法律，不仅是侮辱罪，对方甚至会因损毁财物而遭到三年以下有期徒刑或三十万日元以下的罚款。倘使这样的犯罪行为能用少女的一拳加一脚来了结，或许也算仁慈了吧。

可是，她并没有证据。

仅此一条，足以使我从旁观者的立场往前迈出一步。

"咕……！"

未经锻炼的腹部传来一阵钝痛。

在我面前，踢中了我的腹部的明神凛音微微瞪大了眼睛。

这或许是我头一遭看到她扑克脸以外的其他表情。

"为什么……"

为什么要庇护她？

为什么要庇护一个显而易见，无可推脱，不可饶恕的"嫌犯"呢？

这是当然的。

"'无罪推定'。"

我忍受着那超乎想象，滚滚而来的剧痛。

"'疑者不罚'……这是法治国家的基础！"

尽管如此，我还是挺起胸膛说了一句话，坚持贯彻保护弱者的信念。

"拿出证据……！"

"……"

明神凛音眯起眼睛，刀锋般锐利的目光直刺着我。

我也反瞪着她，她实施的暴行在法治国家是绝不容许的。

她确乎是受害者。

我本该温柔以待，应当搂着她的肩膀，轻声说几句安慰的话。

但谁都没有在毫无证据的情况下惩罚他人的权利。

片刻之后，明神凛音移开了视线，叹息似的喃喃地说道：

"真是没法沟通的人。"

在这之后，她并未回到自己满是涂鸦的课桌前，而是像摩西分开红海般拨开人群，就这样离开了教室。

我就这样凝视着明神凛音消失的那扇门，直到这一刻，心中竟涌起一丝罪恶感。

我并不认为自己做错了什么——可当她离开教室时，背影显得十分落寞。

这就是我——伊吕波透矢，和明神凛音的首次实质性接触。

而第二次接触，则是一个月以后的事情了。

＊

"喂！……咦？透矢，你还没吃完饭啊？"

午休即将结束时，我正一边看着参考书，一边啃着从小卖部买来的面包，红峰亚衣又如往常一样凑了上来。

她毫不客气地坐在我对面的座位上，把一只膝盖抱在胸口，室内鞋的鞋跟就抵在椅子边缘。这样一来，短裙底下似乎会春光乍泄，可她却将其巧妙地遮了过去。"我可不会便宜了别人。"——曾几何时，她说过这样的豪言壮语。

"饭吃得可真慢啊，你之前在做什么？"

"西田那家伙又把老师拜托给他整理的资料忘得一干二净了，我提醒过他很多次了，要是这么健忘就该赶紧做完。结果还得我来帮忙。"

"当真？你真是太能照顾人了，不愧是所有人的阿妈。"

"别喊我妈。明明是你们太幼稚了。"

给男生起这样的绰号真不合适，更何况大家早已不是需要依靠妈妈的年龄。

红峰嘻嘻地坏笑着。

"呀呀，透矢阿妈，我想喝牛奶。"

"你这是在做什么？"

"模仿小宝宝哦。"

"不，我是问你这样做的目的是什么？"

"当然是想喝透矢的牛奶——啊，糟糕，突然变得怪起来了。"

"呵，真是贱人。"

"我才不是!"

红峰挥舞着涂了指甲油的手，试图上前挠我。我一边后仰着躲了过去，一边吞下了吃到嘴里的面包。这个作派不是犯贱又是什么？

遗憾的是，这个轻浮的女人——红峰亚衣——已经和我打了一个月的交道。虽说是打交道，事实上只是她单方面的纠缠而已，我从未主动接近过她。这一切始于一个月前发生的那件事。

那是在班里几乎化为禁忌的话题——明神凛音课桌涂鸦事件。

而那名犯人，那个挨了明神凛音一拳的人，正是红峰亚衣。

虽然并非有意为之，但我还是挺身而出替她挡了一拳。从那时起，她就开始对我产生了兴趣，向我请教功课，讲牢骚话。在这个过程中，她开始直呼我的名字，至今亦然。

"红峰，我已经说过很多次了。一个月前，我并没有保护你，只是在遵循无罪推定的原则。"

"这话我是听过好多次了，但还是不太明白。而且我都自认是犯人了，这可是'招供'哦，你那个无什么推什么的，根本就不成立吧。"

"即便是真犯人，也有接受辩护的权利，直到经过充分讨论。"

"哦，不愧是立志当律师的人，虽然还是听不太懂。"

"你之所以听不懂，是因为你一上来就说自己听不懂。"

红峰咻咻地笑了起来，也不知有什么可笑的。眼下的目标是让这个女人理解法治国家的基本原则，但距离完成这一目标似乎还很遥远。

红峰把故意解开头两颗纽扣的胸口垫在椅背上。

"喂，透矢。放学后要不要一起去什么地方转转？"

"你觉得我会去吗？"

"我知道一家味道不错的甜品店，你不是挺喜欢鲜奶油吗？"

"是喜欢。但我放学后还有事，刚才老师来叫我了。"

"又来？哪个老师？柚岛老师吗？"

"不是柚岛老师，是明神老师，学校的心理辅导员。"

"啊？当真？"

平日里总是嬉皮笑脸的红峰登时换成了面对敌人的表情，这也难怪，学校的心理辅导老师明神芙蓉正是明神凛音的亲姐。

"芙蓉老师真是超级漂亮，不愧是那家伙的亲姐。人缘也很好，我的朋友中也有人找她咨询恋爱问题呢。"

"话是这么说，你的脸色可真难看。"

"那还用说，我可是被那家伙打了个大包啊！"

此刻我们应该是在聊姐姐明神芙蓉，但不知不觉，话题已然转到了妹妹身上。

"明神那边可不是起个包的问题，人家才入学一个月就直接不上学了哦。"

"这个……"

"你就老老实实地道个歉吧。"

"烦死了！就算我想道歉，她也不来教室啊！"

红峰羞恼地拍了拍我的桌子。就在这时，她西装外套的袖扣传来了啪叽一声脆响。

"别这样，会把桌子搞坏的。"

听我这么一说，她卷起西装外套的袖口，重新拍了一掌。里边的衬衫确实没有袖扣，但首先还是别乱拍了吧。

红峰闹别扭似的噘起了嘴。

"再说了，她不是也有错吗？你知道我朋友喜欢的男生向她告白的时候，她是怎么回应的吗？"

虽然这话已经听得耳朵起茧，但我还是安静地任由她继续说下去。

红峰突然变得面无表情，学着明神的样子说道：

"'非常对不起，我跟你没什么可说的'——还有比这更糟糕的说法吗？"

好吧，这确实算是最糟糕的拒绝方式之一。

真是没法沟通的人。

那个时候，明神也是这样跟我说的，她连尝试对话的意愿都没有。

"同学之间假惺惺地客气算怎么回事，太恶心了，太烦人了！"

"这就是你把这些话写在她课桌上的原因吗？太恶心太烦人什么的。我已经说过很多次了，言语暴力也可以算作犯罪行为。"

"透矢不是站在我这边的吗？"

"我站在弱者的一边。"

要我说多少次才能明白呢？

就在这时，午休结束的铃声响了起来，我手里当作午餐的面包也彻底落肚。

"好了，上课时间到，请回到你的座位上去。"

"你总是像对待虫子一样对待我！那好吧，那就明天，今天不行的话，明天再去吃甜品！"

红峰单方面撂下这句话，晃着那像尾巴般长长的双马尾，回到了前排靠窗的第二个座位上。

我抱着胳膊，看着红峰开始和坐在她左边座位上的短发女生聊天。

确实，鲜奶油是我最喜欢的食物，但她只要找女性朋友一起去不就行了——为什么非得拉上我呢？

*

"打扰了。"

放学后，我来到了位于南校舍一楼角落的心理咨询室。

南校舍有许多所谓的特别教室，放学后显得格外冷清。远处音乐教室的练习声，近处操场上运动社团的呐喊声，都仿佛从某个遥远的世界幽幽传来。无人的咨询室更是像极了与世隔绝的秘境。

无人之地。

对，我理应是被学校的心理辅导老师叫到这里来的，但在这间仅有塞满文库本的书架和六人座的沙发的朴素房间里，看不到一个人影。

这么说来，明神老师好像说过可能会迟到，至于究竟所为何事，我尚且一无所知——据说明神老师在教师圈子里也是有头有脸的人物。而对立志成为律师，正在冲刺名牌大学法学院的我而言，受其赏识有利无害。

我首先环顾了一下房间，本以为书架上的文库本会是与心理咨询相关的书，没想到一半以上都是所谓的轻文艺作品——封面是带插画的娱乐小说，或许就是轻小说，但我也分不太清。剩下的则是书店里常见的畅销书。

难不成这些都是为了让前来咨询的学生放松心情？真没想到，心理咨询室竟是一片放松身心的净土。我一边看着书架下层装着扑克牌和优诺牌的盒子，一边陷入了沉思。

——咔。

"嗯？"

我抬起了头，混杂在乐器声和运动社团呐喊声里的某种声音传进了我的耳朵，听起来像是敲击声。

是操场传来的吗？不对……

本该面向操场的窗户被白色的隔断挡住了，本以为这样做是为了保护学生隐私，不让外边的人看到里边。不过隔板距离窗户还有一段距离——这就意味着窗帘和隔断之间还有一个空间。

"咔"的声响正是从此处传出来的。

难不成明神老师在那边吗？她没听见我的招呼声吗？

我走近隔板，探头往里望去。

"明神老师，我是伊吕波——啊？"

我瞬间僵立原地。

那是一幅如画的光景。

窗外传来了木叶的沙沙声。

吹入室内的风轻轻拂动着她的长发。

她身披一件不合季节的披肩，一只手按住垂落的发丝，目光停留在桌面的一幅大型拼图之上。拼图仅完成了中间部分的一小块，最终究竟能呈现出怎样的图画，目前还没法想象。

那是一幅过于完美的光景——因此当她的目光转向我时，我恍若置身梦境。

"你是……"

见她眉间微蹙，我这才回过了神。

明神凛音。

一个月前，事件发生之后就再未现身教室的家里蹲同学，此刻就坐在窗边的椅子上。

面对不可能出现的光景，我受到了莫大的冲击——当然了，我并没有失神。

恢复过来之后，我一边扶正眼镜的位置，一边抛出了疑问。

"明神同学……你怎么会在这里？"

明神盯着我看了片刻，并没有回答我的问题，视线又重新回到了拼图之上。

被无视了？

看来她对我相当嫌恶——唔，原因倒也不是不能理解，毕竟在每个人都对她报以同情之际，我却选择与她为敌。

时至今日我仍在想，当时是不是还有别的表达方式呢。虽然知道自己的话从未出错过，但将之清楚地传达出来也是立志成为律师之人必备的技能——为了将来，我决定挑战自己，重新审视一个月前的失败。

"一个月前的事情，真是对不住了。"

明神的脸再度抬了起来，斜眼看向了我。显然是有了反应。

"当时我也是一时冲动，血气上涌，举止失措，还望见谅。在那之后，我已经让红峰好好反省过了。她也想向你好好道个歉。"

虽然她还是满嘴牢骚，但这并非谎言。

明神微眯着眼，她在认真听我说话。果然只要好好对她说，还是能传达清楚的。现在就是良机。

于是我满怀信心地继续开口道：

"不过你也有问题哦。在没有确认清楚的情况下就动手肯定是不对的。我能理解你当时的愤怒。但要是任由情绪行事，那就跟小孩没两样了。你好歹也是高中生……"

"唉……"

明神叹了口气，将目光转回桌面的拼图游戏上。

咦？为什么？

正当我为她突然失去兴趣而惊愕时，背后突然传来了一个声音。

"对工作挺上心哦，伊吕波。"

回头一看，明神老师不知何时出现在了门口。

她穿着领口敞开的衬衫和紧身裤，外边罩着白大褂，是一位身材高挑的女性，大概有一米七吧，再加上一头短发，颇有几分宝冢歌剧团里扮演男性角色的女演员的气质，是在女生中颇受欢迎的那种帅气女性。

"明神老师，工作上心指的是什么？"

"在我开口之前，你不是已经主动帮我解决问题了吗？"

明神老师走到墙边的滴漏式咖啡机旁，将瓶中的咖啡粉沙沙地倒了进去。

"伊吕波，我找你来的原因，正是为了那边的不孝妹妹。"

或许是提前准备好了，她随意地往里倒进了热水。

"已经一个月了，我觉得强迫她回到教室里也不太合适，就把这家伙丢在了这里。可要是再这么下去，复学就会越来越困难。如果就这样熬到暑假，那就太要命了。"

"这我明白，就是……"

不去教室的时间越长，复学就越困难。虽然也可以在暑假结束后回归课堂，但这样做也会增大她的心理压力。九月一日是未成年人的自杀率达到顶峰的日子，这种事情谁都知道……

"伊吕波，我跟你商量一件事。"

"商量？身为心理辅导老师，居然要跟一介学生的我商量？"

"没错，请你说服家妹回到教室。"

言毕，明神老师喝了一口马克杯里泡好的咖啡，嘴里嘟囔着："咖啡粉放多了……"

就在这时，一直沉默的明神从隔板后边说道：

"姐姐……你脑子没坏吧？"

"对不住，没有哦。"

"我说的话你都听清楚了吗？"

"我是为你着想才作出这样的决定，要是连这点困难都克服不了，以后在社会上是没法立足的。"

"……"

明神无言地瞪着老师，站在隔板旁的我可以清楚地看见明神老师的身影，但从明神的角度应该是看不见她的。然而，她却把视线准确地对焦至倚靠在书架上一脸苦涩地啜着咖啡的老师。

为了摆脱这种被晾在一边的感觉，我决定主动抛出一个问题。

"虽然我能明白您的意思，但为什么要找我？"

"因为你是最合适的。"

"为什么？"

"伊吕波，你大概以为凛音之所以不去教室，是红峰的缘故吧？"

我向明神瞥了一眼，虽然在她的面前讨论这件事不太妥当，不过她的目光已然落在了拼图上，仿佛要切断与这个世界的联系。

"这是当然的吧，自从那次低俗的骚扰之后，她就再也不去教室了。"

"错了，凛音不去教室，是在你替红峰辩护之后。"

"哈？"

明神老师在会客沙发上落了座，把手里的咖啡摆在了桌子上。这应该意味着让我坐下，于是我顺从地坐在了老师的对面。

老师交叠着修长的双腿。

"伊吕波透矢，我就直截了当地说了，家妹凛音对你极度反感。"

"我知道她不喜欢我，但我并不觉得自己做错了什么。"

"真固执呢。这点凛音也和你一样。"

"从她的角度来看，确实会想揍犯人一顿，要是有确凿的证据，我也不会多说什么。"

"凛音不需要证据哦。"

"哈？"

我又反问了一声，明神老师的表情丝毫未变，又啜了一口咖啡。

"家妹有一种奇特的能力，应该说是天启吧。"

"天启？"

"当她面对未知的事物，也就是谜题时，能够直接给出解答。"

"等一等，我听不懂你在说什么……"

"举个例子吧，我们家是一个历史悠久的神社，之前经常被香火钱小偷骚扰。"

"哦……"

我对她家是神社的说法并不惊讶，或许是因为"明神"这个名字听起来很像这么回事。

"因为平日里参拜者不多，所以嫌疑人很快就被限定在了几个

64

人里。正当我们考虑要不要报警时，凛音开口说话了——'犯人就是那个人'。"

"是瞎猜的吗?"

"不，她说中了。"

明神老师直直地盯着我的眼睛说道。

我想起来了，识破红峰就是犯人的那一刻——距离事发不到一分钟。对，没错，简直就像从神明那里得到了天启一样。

"如果仅有一次，还可以说是巧合，但这种事情接二连三地发生。我们那信仰深厚的父亲对此非常高兴，说她是天生的巫女，是神之子。"

"怎么可能。如果不是巧合，那必然有某种运行机制，比方说……"

"基于各种线索，进行逻辑推理?"

老师抢在我的前面说道。

"这样不是更合理吗? 只是巫女成了名侦探，这也太荒唐无稽了。"

"嗯，你很理智。但伊吕波啊，如果家妹真是天生的名侦探，那她应该能够把她是如何锁定犯人的过程有条理地解释清楚吧?"

"应该是吧。"

尽管我不怎么看推理小说，但要是有个没法解释推理过程的名侦探，那应该是相当大的纰漏。

"啊，难不成……"

"就是你想的那个'难不成'……凛音本人也不知道自己是怎么得出真相的。"

我屏住了呼吸，观察着老师的神情。

但老师只是平静地喝着咖啡，完全没有说笑的意思。

连自己都不知道自己是如何得出真相的？

那样的话……简直就像是——

"所以我们的父亲才称之为'神谕'。是降临在凛音身上的神明给出的启示。"

"开什么玩笑……"

"要是你不相信，那我给你看看凛音初中时的数学试卷吧。"

"哪怕一题没错拿到了一百分，也没法证明她就是天生的巫女。"

"她确实全做对了，但没有拿满分，因为她没写出解题过程。"

所有的问题都凭心算？

啊，这样啊——她无法解释心算的结果是怎么算出来的。

"这简直就像作弊……"

"事实上她已经被怀疑过好几次了。能让凛音来这所学校上学，也多亏我说服了这所学校的老师们。"

你是怎么说服他们的？完全想象不出。

"无论什么问题她都能解答吗？比方说那些在学术界没有解答的难题？"

"从结论上来说不行。以前试着给她看过千禧年大奖难题，但天启并没有降临。"

千禧年大奖难题——好像是数学界的一些难解的题目，解开的人会得到一百万美元的奖金。

"或许是因为她没有掌握解答问题所需的知识吧。于是，我特地给她看了不需要深奥知识的问题，比如费马大定理。"

"她也没解开吗？"

"嗯，证明答案的过程似乎太长了。就算凛音的解答能力是无限的，语言表达的能力也是有限的。这恰是凛音的能力并非超自然的证据。"

的确。假使这真是神谕，理应不需要什么知识才对。而且导出答案与否取决于明神的表达能力，这点也很奇怪。

"优秀的创作者经常会说出'有如神助'的话，但这并不是什么超自然现象，而是他们无法用语言表达潜意识下的高速思考，所以姑且这么说罢了。凛音的能力也是如此。伊吕波，你现在应该可以理解我的话并非荒唐无稽了吧?"

"有一点吧。"

尽管感觉被诓了进去，但明神老师应该编造不出如此精巧的谎言。更重要的是，我已经亲眼见证过了，明神凛音"有如神助"的瞬间。

"可是，这样的话，不会存在一些问题吗?"

"说说看。"

"就像数学题需要计算过程一样，无论是什么样的名推理，要是不能解释过程，也不过是无端指责而已。那是因为无罪推定的法则——谁主张谁举证。"

"就是这个，伊吕波。"

"嗯?"

"你指出的问题相当正确，无可辩驳，真是太精彩了……总而言之，切中要害。伊吕波啊，这就是凛音讨厌你的原因哦。"

"不是。"

短促而冰冷的否定声从隔板那边传了过来。

老师仿佛没有听见，继续往下说道:

"所以我才喊你过来。要是凛音不去教室的理由在你身上，那就让她去习惯你，对吧？"

"也对。要是不考虑我和明神的精神安定的话……"

"成长总是伴随着痛苦。"

老师说了句挺像格言的话，把空杯子放在了桌面上。

"当然了，我会给出相应的报酬来补偿你的付出。要是你能成功把家妹带回教室，我就去跟老师们商量，让他们给你我校史上最高的综合评价分。"

"当真？"

"嗯，三年之后，你就能获得所有大学的推荐资格了。"

"等一下，你到底有多大的权力啊？"

"成年人的狡猾远超你的想象哦。"

这副样子并不像是在开玩笑，倒不如说，我根本想象不出这个人开玩笑的样子。

我暂且闭上了嘴，陷入了沉思。

这个活能不能揽下来呢？

我确实非常想要综合评价分，要是能拿到推荐资格，从备考中解脱出来，这样就能集中精力准备司法考试了。问题就是，这样的回报能否抵得上解决明神凛音这个难题所耗费的精力。

"请别再做这种无谓的事情了。"

突然间，隔板的另一头传来了斩钉截铁的声音。

"我已经受够了，我不知道什么是你们能接受的说法，也不清楚什么是你们想听到的答案，我唯一知道的只有真相。"

这是至今为止我听到明神凛音所说的最长的一句话。

声音平静且冷淡，却渗着一丝疲惫。

"无论我说什么……他都不会相信。"

其中蕴含着深深的失望。

期待也好，希望也好，全都丧失殆尽，唯余空洞而已。

令人信服的答案，希望听到的答案，才是"你们"——也就是世俗之人一心追求的东西。

虽然她的话听起来有些跳脱，但我的内心却突然洞晓了一切。

因为我知道，人类并非生来就追求真相。

正因为如此。

……真是没法沟通的人。

炽热的怒火自内心深处蹿了上来。

"别小看我，明神。"

我站起身来。

"我的目标是成为律师，无论面对怎样的对手，我都要诚实以待，绝不会轻易下结论，而是要谨小慎微地审查事实，寻找最好的结论——这就是我所追求的律师形象。"

明神凛音，我对你不甚了解。

但有一点可以肯定，你眼下所怀抱的失望，我也曾经历过。每个人只追求于己有利的叙事，却不愿诚实地面对真相。那样的愤怒，那样的悲伤，那样的郁结。那个时候，我多么渴望有个真正愿意和我认真交谈的人。

而那样的人，我真的遇到了。

所以我必须在这里站起来。

"律师是——"

为了成为这样的人，就必须打破你的失望。

"世上最能*沟通讲理*的人。"

我转过身，向着窗边的隔板走去。

明神凛音直直地看着我。

毫无疑问，她将我视作入侵地盘的敌人。

没关系，这反倒正合我意。

法庭上总是需要针锋相对的两位辩论者。

"你打算怎么做？"

"这不是明摆着吗？"

你为何不被信任，为何无人倾听。

因为你无法解释清楚自己的想法。

没有证据的主张是苍白无力的，即便最终被证明是正确的，却依然没人会轻易接受它——对，除了神明。

"那就确认一下吧，看看我到底是不是没法沟通的人。"

明神面前的桌子上放着一幅未完成的拼图，唯有中间部分的几小块拼好了。

我从堆在桌角的那堆拼图碎片中拿起一片，咔的一声嵌入了边框的位置。

"一个月前，你是怎么推理出红峰是犯人的——我替你推理出来。"

＊

翌日放学后，正当同学们准备打扫教室之际，我径直奔向了目标人物的座位。

从靠窗的那列数第二列的最靠前的位置。一个月前，她在此处上演了高中生活中最为失态的一幕，如今差不多该调换座位了吧。

这样的环境通常会令人不适，可她却睡得很香。

"哟，去社团喽！""田岛！吵死了！"

右边座位的寸头田岛刚喊出声，左边座位的短发女生相浦就大声提醒了一句。可那家伙连起身的迹象都没有。她是如何在这般嘈杂的环境里悠然自得地沉入梦乡的呢？

我轻轻晃着她的肩膀，呼喊着她的名字。

"喂，红峰。"

"啊？哦哦，是透矢啊，早安。"

"别在课上睡觉啊。"

我朝着红峰叹了口气，她总算坐起来抹了抹嘴。居然敢堂而皇之地在前排睡觉，唯有这份勇气值得敬佩。

在她的座位前方，有一块小小的公告板，上面贴着一张早已过期的活动告示。

春日手工艺品市场！

日期：4月29日

场所：多功能厅

朗报——（雨天照常进行）哦。

当天，我们还将提供裤子、衬衫等衣物的缝补服务！

女生男生们，趁长假前来体验一趟如何？

她既不看黑板，也不看笔记，只是一门心思地盯着这张毫无意义的印刷品。也难怪会打瞌睡，她正是初高一体直升体制的受害者。

"啊？叫醒服务？辛苦你了。"

"不是，快点起来，我们走。"

"怎么了？"

我像抓小猫一样，一把揪住了睡眼惺忪、头脑不清的红峰的脖

71

颈，一口气把她拎了起来。红峰虽说平时态度嚣张，个子却挺娇小，身高和我差了三十厘米左右，大概不到一米五吧。

"啊？怎么……怎么回事？"

"没什么，昨天不是说好了吗？今天要去那个地方。"

"昨天？今天？什么跟什么啊！"

"甜点。"

"咦，你还记得啊……咕哇！"

我一把搂过了红峰，然后顺便把她没打开过的书包提在另一只手上，这下万事俱备。

我径直走向了教室的出口。

"哦，亚衣，你终于要和阿妈约会了吗？""加油噢！"

"不，不是的，不是约会！还有，谁来帮帮我啊！"

推理明神的推理，于我而言并非难事。

毕竟我手上可是有犯人这个最强证人。

＊

假使世上真有神明，那么他的主食必然是鲜奶油。

鲜奶油的口感像极了天上的织物，仿佛被女神的手臂轻轻环绕……如此甜美的滋味像极了神圣的祝福，实在无法相信是出自人类之手。

"你吃得可真香啊，看你这张脸，我就觉得有发掘的价值。"

当我从柔软的海绵蛋糕和鲜奶油编织而成的极乐世界归来之际，红峰正在对面的座位上嘲弄似的嘻嘻笑着。

但她立刻噘起了嘴：

"唔，但我还是希望你能再考虑一下邀请方式。"

"不好意思，我有点急了。为了表示歉意，这顿我请了。"

"哇，好耶！喂，老板，给我来一份豪华芭菲！"

红峰念出了这家甜品店最贵的菜单，声音大得和这间别致的木制甜品店毫不相称。这个女人居然没有一丝顾忌……我虽想抱怨几句，但眼下不是吹毛求疵的时候。

"然后呢？"红峰大大咧咧地托着下巴，仿佛看穿了什么似的，"今天是有什么事吗？"

"反应倒挺快的。"

"怎么会看不出来？没有谁会无缘无故把人拽出来，除非是透矢突然爱上了我，否则肯定是有事要说了。"

"原来如此，看来有必要尽早证明有事相求……"

在糟糕的苗头出来之前，必须赶紧进入正题。

"其实我有一件事想向你详细请教一下。"

"身高体重保密哦。"

"不是这个！"

"脸红了哦，透矢阿妈真是纯情又可爱。"

"别把人当傻子啊，你这贱人！"

"才不是！"

像往常一样把她惹怒后，我便利用这个机会对她说道：

"我想问的是一个月前的事情。"

"什么？"

"我希望你能详细说说你在明神桌子上涂鸦的事情。"

犯人本尊，最有力的证人。

红峰知晓那天早上发生的一切，要是从本人嘴里问出来，那就无须像推理小说那样反复推敲逻辑，也很容易就能找到答案。

红峰眯着眼看向了我。

“抱歉久等了。这是豪华芭菲。”

就在此时，女服务员将一份巨大的芭菲摆在红峰面前。太大了……那宛如积雨云般盘旋的鲜奶油，到底有多少克重啊？

红峰好似自动装置般拿起勺子，舀起奶油送进嘴里。

“唔——”她嘴里含着勺子，眉间挤出了皱纹。

“话说你为什么突然问这种事啊？”

“我知道你已经反省过了，也明白这对你来说是痛苦的过去。很抱歉事到如今还要旧事重提，但这确实是必要的。”

“知道啊，明白啊，说得倒是轻巧。可我问的是‘为什么’，要是不给我一个像样的理由，那我可就要再点一份芭菲了，怎么样？”

“啊……！”

决不能让她这么做！

为了避免破产，我不情不愿地打出了手里的牌。

“事实上，我遇到了明神。”

“哈？”

“我试图说服她回到教室，可她根本不愿理我。不过经过一番波折，现在只要我弄清楚一个月前她是如何锁定涂鸦犯的，她就愿意听我的话。”

“什么啊，完全搞不懂！你是在哪儿遇见明神同学的？”

“这我可不能说，因为没有得到她的许可。”

到目前为止，明神一直对上学的时候躲在心理咨询室的事情守口如瓶，无论立场如何对立，我都不能在未经许可的情况下揭露别人隐瞒的事情。

红峰不满地皱起了眉。

“那个，‘弄清楚一个月前她是如何锁定涂鸦犯的’……这是什么意思？这种事你直接问她不就得了？"

"这方面也不方便详说。又或者，说了你也不会相信吧，就连我现在也没完全相信。"

"啊——真是的！说了和没说一样！"

虽然感觉有些抱歉，可我要是说"明神凛音有自动悟出谜底的能力，可她并不记得自己是怎么推理的"，对方的反应恐怕也差不多。

红峰怄气似的大嚼着插在芭菲里的威化饼干。

"再说了，要是本人不想上学，那为什么非把她逼过来不可呢？义务教育已经结束了。"

"你说得确实在理，但我也面临着升学问题，要是能让明神正常上学，我就能拿到综合评价分。"

"哇，黑市交易，太耍赖了。"

"这是正当的交易。即便撇开这些，我也不想输。"

"啊？"

"她没做任何解释，就单方面指认你是犯人，还实施了制裁，我觉得那是不正当的行为。"

"不，可这的确是事实。"

"那只是结果论。即便结果没错，没有证据且未经过充分讨论的指控，依旧是不可原谅的人身攻击——这显然违背了无罪推定原则。她应该来教室向你道歉，你也应该向她道歉，我认为，这才是解决问题的正确方式。"

"话是没错。"

红峰闹别扭似的嘟起了嘴，就这样陷入了沉默。

果然还是没法说服她。再这样下去，我只能透露明神的能力来说服她了。可连我自己都似信非信的东西，究竟能不能让她信服呢……最坏的情况，就只能用金钱收买了……！

正当我苦思冥想之际，红峰缓缓地用勺子舀起芭菲的奶油，朝我伸了过来。

"啊——"

"……？干什么？"

"张开嘴，啊——"

"啊，啊唔……"

当我一头雾水地张开嘴时，勺子径直送了进来，鲜奶油的香醇甜味在我口中扩散开来。真是太美味了。

红峰把勺子从我嘴里抽了出来，微微侧过身子，露出了戏谑的笑容。

"间接接吻，是吧？"

她斜着眼睛仰视着我。

"间，接，接吻……？"

我交替看着红峰的嘴唇和沾有我的唾液的勺子。

诚然，分享食物的行为普遍存在于人际交往中，不限男女，从道德上讲没有任何问题，况且间接接吻这种说法本来就与日本特有的触秽观念相通——即接触者的属性会转移到产生接触的地方。这与如今的时代格格不入。

"噗，啊哈哈哈，真是太好拿捏了！这样下去你会被坏女人骗惨的哦，阿宅君。"

"别把戴眼镜的男人都当成阿宅！"

简直是信口雌黄！

红峰捂着肚子笑了好一会儿，接着毫不犹豫地用伸进过我嘴里的勺子吃起了芭菲。

当一大堆鲜奶油尽数落肚后，红峰终于开了口。

"好哦。"

"什么?"

"我答应你了。只要把一个月前的事情详细说说就行了吧? 啊，不过别抱太大期望哦，毕竟是一个月前的事情，一般人不会记得那么清楚吧?"

"为什么突然就答应了?"

"作为刚才芭菲的谢礼。哈哈，笑死人了。"

虽然有些摸不着头脑，不过看来红峰已经同意了。

我对着眼前兴高采烈吃着芭菲的红峰说道:

"那就从头讲吧，关于你那天早上的行动。"

"从头开始说吗? 嗯，那天真是太热了，胸部底下闷得发痒，都把我痒醒了。"

"这种细节就不必了!"

"嘻嘻。算了，要是说得太详细，被当成幻想素材就麻烦了，就从到校以后开始说吧?"

"嗯，请从那个时候开始说。"

我打开了记录用的笔记本，犯人亚衣的证词终于拉开了序幕。

"话虽如此，我其实也没什么可说的。刚才说过了，那天我起得特别早，因为无事可做，所以很早就去了学校。早上的学校有种奇怪的气氛，明明很亮，却没有人——说是很亮，其实当时是阴天，所以有点灰蒙蒙的。"

"你没有见到任何人吗?"

"没见到哦。我是第一个到教室的，所以才有了那样的念头。"

"这点请详细说说……你说你'第一个到教室',指的是当时教室里没有任何人吗?有没有谁的座位上放了东西?"

"嗯,这个我记得非常清楚。当时座位上都是空的,因为教室门是锁着的。我还在想——哇,教室早上是锁着的,然后就去了教师办公室拿钥匙。"

教室是锁着的……也就是说,当天早上第一个踏进教室的人确实是红峰。

"你打开了教室门,然后呢?"

"我去了自己的座位,放下书包,先乘了会儿凉,接着我在教室里到处张望,看见了那家伙的座位。然后我想起了小桂——我的朋友——说过的事情。小桂从初中开始就喜欢的学长被明凛音毫不留情地拒绝了,因为这件事,小桂很不好受,动不动就哭,我安慰了她不知道多少次了……当我回想起这件事时,气就不打一处来。"

"于是你就想到了涂鸦吗?"

"透矢好像是正在审问人的刑警,逗死了。"

"少啰嗦,赶紧回答我。"

"好吧好吧,对不起啦……没错,我就是想着要报复一下。谁让她长得有点可爱——不,不是有点,是可爱得不行。谁让她因为长得可爱就得意忘形了。"

"那个时候你有没有采取什么措施?怎么说呢……你有没有想过用什么办法能确保自己是犯人的事情不暴露?"

"想过哦,要是有其他人在场,我就不会搞涂鸦了。我还考虑到用自己的笔会被发现,所以就用了黑板那边的粉笔。在桌上写的内容也尽量选择不会暴露自己的词句,不过也不知道有没有用。我赶在其他人来之前把事做完,然后拿着书包离开了教室,等大家都到齐了再回来，这样就不怕被发现了……说真的，她究竟是怎么发现的呢？"

"你离开教室了吗？当时你去了哪里？"

"我本打算去校外，但天在下雨，没办法出去。所以我就在南校舍的入口边上玩手机。你也知道吧，早上那会儿只有北校舍有人，连中庭都看不到人影。"

"你是什么时候回来的？"

"大概那家伙来到教室前五分钟吧？大家都看到了涂鸦，叽叽喳喳地议论着。我有些不安，但还是坐了下来，假装什么都不知道。那天湿度很高，教室里又闷又热，真希望不是夏天也能随便开空调。"

我把红峰的证词一字不漏地记在了笔记本上。

红峰有着隐瞒罪行的明确意图，明神却在一瞬间洞穿了她的伪装。

那么，红峰究竟在什么地方失误了呢？

某处一定出现了致命的失误。既然明神能够推理出真相，那失误就必然存在——除非她的能力真的是如假包换的神谕。

我一边回看记录下来的证词，一边用自动铅笔的笔尖敲着笔记本。

"要是能用科学手段进行调查，比如指纹检查之类的，那么只需检查涂鸦用的粉笔就能立刻找到答案，但明神完全没用这个……"

"是啊，感觉她看到桌子就瞬间明白了。"

"还有没有会引起注意的事情？"

"唔……倒也没什么特别的。去南校舍的时候要经过走廊吧，你还记得中庭有棵超级大的树吗？"

"哦，你说的是那棵特地从外国移植过来的树吗？好像是相当稀有的品种，不过我也记不清名字了。"

"对，就是那个。那天那棵树摇晃得特别厉害，走廊上到处都是湿漉漉的叶子。我也是第一次见到那种情形。那天的风超大的，明明前一天还风平浪静，这就是所谓的'春一番①'吗？"

"春一番通常出现在二月到三月间哦。"

"哦，现在根本不是春天。"

红峰的芭菲已然尽数落肚，真是个能吃的家伙。

停下了大快朵颐的嘴后，她开始好奇地看向我的笔记本。

"记得超详细，好牛啊。"

"我这个人要把事情记得详细点才能安心，日记也是每天写的。"

"日记？好牛，超想看！"

"绝对不会让你看的。"

"小气。"

……日记。对了，日记。

我应该把一个月前那天的事写在日记里了。如此震撼的事情，不可能没有记录。

本以为听了红峰的话就能解决问题，但明神的推理内容依旧不甚明朗——看来我仍需将目光转向当天的记忆，从中寻找线索。

"谢谢你，红峰，你的话非常有参考价值。"

"不客气，老实说我也记得不是很清楚。"

"毕竟是一个月前的事了，对你来说能记成这样已经很不错了。"

---

① 初春第一次刮的比较大的南风。

"'对我来说'是什么意思？"

红峰调侃似的笑了笑，但旋即抹去了表情，端起红茶抿了一口。

"我刚才也说过了，没必要勉强她来教室。估计那家伙见到我也会很尴尬吧。"

"哦，不会。这点你完全不必担心。"

"……啊？"

"按她姐姐明神老师的说法，明神之所以不来教室，似乎是因为讨厌我。她好像根本没把你的事放在心上。"

"你说什么？"

红峰突然脸色大变，猛地踢开椅子站起身来。

她震耳欲聋的大嗓门响彻店内，与身高不足一米五的她全然不搭。连柜台后的老板都被吓了一跳，转头看向我们。

"没……没放在心上？明明发生了这种事！那是为什么？我……我这一个月，到底是为了什么……！"

"怎……怎么了？没被讨厌就行了吧？我可是被她用杀父仇人一样的眼神盯着呢。"

"算……算了！只是……怎么说呢……感觉好憋屈……啊，气死我了！"

红峰粗暴地抓起书包，朝着甜品店的门口大步流星地走了过去。

"我走了！"

"等一下，你的红茶还没喝完呢！"

"给你喝了，就当小费了吧！"

这算哪门子小费，根本就是处理剩饭吧！

拦都拦不住的红峰怒气冲冲地走出店门。

"发生什么事了……"

就在我发愣的时候，一杯咖啡突然递到了我的面前。

是老板递过来的。

"人的一生中，无法挽回的事情其实不多。冷静下来好好谈谈，你的女朋友一定会理解你的。"

说完这句话后，面容略显沧桑的老板悄然离去。

……

……？

……啊。

"那个，不好意思，这不是情侣吵架！"

＊

四月二十七日。

对了……那是将近黄金周的时候。

两位少女以不同的手段暴力相向，并导致其中一方不再来教室的事件。

与登上全国性新闻的事件相比，这肯定算不得什么，但于我而言，却是非常重大的事件。

哪怕当时的我稍稍晚一步冲出去，我可能就不是我了。

无罪推定。

不管某人被多少人怀疑，不管新闻和网络如何给其扣上"嫌疑人"的帽子，只要有一丝无辜的可能性，那人就不是罪犯。

曾经支撑并拯救了我的这句话，如今也化作我的信念——我必须推理出明神凛音的推理。

回到家后，我立即打开自己房间的书桌的抽屉，拿出了那本我每日坚持记录的笔记本。

四月二十七日。

在这个约一个月前的日期页上，密密麻麻地记录了数倍于其他页面的文字。

真该说不愧是我——就连如今已然淡出记忆的细节，都被我细致入微地记录下来。

要说理所当然倒也不错，今天从红峰口中问出的信息并不能用在出示给明神的答案里，因为那是犯人视角的信息，当时的明神并不知晓。

然而，这些也许能成为启发。且将今天听到的话铭记于心，回顾当日的情景，一定能追溯到明神的思路……

"呵。"

我不禁笑出了声。

追溯，要追溯吗？那个不爱说话，面无表情，临近夏天还披着披肩，在不可捉摸的领域里无出其右的明神凛音的思考？

真是的，人生就是这么奇妙。真想不到，有朝一日，我会如此在意一个女生的内心世界。

但是，试着想象一下，她那冰冷而清澈的脸，染上了惊愕和认同之色的瞬间。

直到这个时候，我才能成为真正的自己。无罪推定——没有证据即无罪，我将在现实中首次践行这一信条。

*

四月二十七日，雨。

今天发生了一件特别的事，我决定把所记得的事情尽可能详尽地记录下来。

83

早上预备出门的时候，天下起了雨，大约是早上七点三十分。今天风大雨急，我打着伞上学，很多同学都穿上了雨衣。

　　上午八点四十分左右，我抵达了学校，在北校舍入口换上室内鞋，像往常一样从东侧楼梯走上教室所在的三楼。这时我看到几位老师从一楼楼梯旁的办公室走了出来，心想上课在即，便加快了脚步。在三楼的走廊上，我跟几名女生擦肩而过（具体人数忘记了）。厕所在走廊东北，她们应该是去那里了吧。

　　对了，在上楼梯之前，我似乎在换鞋处看到了明神凛音。我们的到校时间几乎是一致的。

　　当我打开后门走进教室时，气氛有些异样。

　　窗帘全都没有系绳，就这样随意地敞开着，雨水猛烈击打窗玻璃的模样了然可见。雨声几乎堵住了耳朵，走廊和其他教室的喧嚣显得极其遥远。

　　在我之后，相浦也从同一扇门走进教室。她显然是被这番情景吓到了，战战兢兢地穿过教室，把包放在窗边最前排的桌子上。可是她旋即又皱着眉头把书包拿了起来，用制服的袖子不停地擦拭桌子，显然桌面是被飘进来的雨水弄湿了。在笼罩着异样气氛的教室里，这是仅有的日常行动。

　　出现在旋涡中心的，是坐在窗边倒数第二个座位的明神凛音。她的课桌上被粉笔画满了涂鸦。

　　明神凛音垂着长发，凝望着脚边的干燥落叶，随后抬起头来，望向最前排的座位。只有那个座位侧边的窗户窗帘半掩，那个人的身影就隐藏在淡薄的黑暗中。

　　那个人，正是坐在最前排靠窗位置的红峰亚衣。明神凛音径直朝她走了过去，毫不犹豫地挥拳相向，并说出："你就是犯人。"

明神并没有听红峰的辩解，甚至想把她一脚踢飞。这时，我站出来插手阻止。当我责备明神时，她丢下一句气话就离开了。她明明遭受了苛待却仍被我责备，实在是有些抱歉。但我认为她还是应该听取红峰的抗辩。

再后来，有人嘟囔着说："被老师看到了就糟了。"教室里登时乱作一团。同学们开始动手清理涂鸦，我意识到必须立刻保留证据，于是用手机拍下了桌上的涂鸦。

涂鸦用黑板擦很难清理干净，有人拿来了一块湿抹布，我当时站在桌子附近，正准备伸手去接，但红峰从一旁插了进来，一把夺过了抹布，说了声"我自己来"，然后把明神的课桌擦干净了。这样的行为无疑是承认了自己就是犯人，但在场的人并没有责备她。

*

记录极其详尽，与其说是日记，更像是小说，抑或是供述笔录。

有几点值得注意。首先，我为了保全证据，用手机拍摄了被涂鸦的桌面照片，虽然昨天已经确认过了，但如今再看一次也无妨。

看着手机屏幕上的照片，我眉头紧锁。"恶心""烦人精""浪荡女""拽什么拽"……无数毫无个性的漫骂在小小的木桌上跃动着。或许这般欠缺个性的言语也是红峰的掩饰手段。但要说这是红峰写的，总觉得有些不协调……

静下心来仔细观察涂鸦，我发现了两点值得注意的地方。

其一是从左到右都有丝状的薄粉笔印，那些痕迹就像是某人的指甲从涂鸦上划过，将粉笔笔迹拉长了一样。

光凭这点，也可以视作明神到来之前有人碰过桌面。但问题是这些痕迹只出现在桌面左侧的涂鸦上，右侧的涂鸦却没有。也就是说，这些痕迹是在完成左侧的涂鸦后——即*涂鸦的中途*留下的。只能认为出自犯人之手，这是重要的证据。

其二是涂鸦的一部分有明显笔迹中断的痕迹。打个比方，就是粉笔从细线上划过的痕迹。

很显然，普通教室里是不会有家政课的。这样想的话，应该就是头发吧。垂落或脱落至桌面的犯人的头发，在没有注意到的情况下，被粉笔划过……很可能是这样。

这么说来，犯人的头发至少要长于粉笔的直径——经测量大约十二毫米。若短于此，那对方就只能是寸头或者光头了吧。

我任由思绪驰骋，再度将目光移回了日记。

现代科学极难窥知人的思维，如果可能的话，只能从言行中推测。

明神用于推理的时间极短，因此记录下这段时间的文章也只有寥寥数十字。

　　明神凛音垂着长发，凝望着脚边的干燥落叶，随后抬起头来，望向最前排的座位。只有那个座位侧边的窗户半遮着窗帘，那个人的身影就隐藏在淡薄的黑暗中。

……仅此而已，真的只有这些。

除此之外，她并未采取任何显眼的行动。

于是，从逻辑上讲——

她仅凭这六十余字的观察和行动，就从三十五名同学中准确地锁定了犯人。

*

"……"

如果这非神谕也非灵感，而是纯粹的推理，那么她的头脑究竟卓越到何种程度？

我甚至无法生出嫉妒的情感——如果一定要形容这种感觉，称之为敬畏或许更恰当，甚至，我发觉自己反倒希望这是神谕……

然而，有一点是绝对不能认同的——不是别人，正是我自己。

这就是推理。

明神进行了推理——就在这短短数行之间。

"落叶……前排……窗帘。"

如果明神的视线的移动轨迹反映了她的推理路径，那她就是按照这个顺序构建了逻辑。不，落叶只是碰巧掉在脚边而已，或许她其实是在注视地板本身——落叶，干燥的落叶……嗯？

"干燥的……落叶？"

有些不太对劲。

今天是雨天。

如果叶子是粘在某人的衣服、书包或者头发上被带进教室的，它们理应是湿的才对。这么说来……

是红峰在涂鸦的过程中掉落的？

在向红峰本人询问之后，就只能这么认为了。红峰似乎很早就来到了教室，如果当时是下雨之前呢？

对，没错。红峰不是说过了吗——我本打算去校外，但天在下雨，没办法出去——这意味着她没有带伞，恰好说明了她到校的时候还没下雨。

如果明神考虑到了这种可能性……？

假使这是正确答案，那么这些落叶是从哪里来的？要是头发或者衣服上沾了叶子，通常在某个时刻就会注意到吧，比如把书包放在桌上的时候。然而红峰并未发觉，这意味着什么？

而且，就算她猜到了下雨前来到教室的人就是犯人，那她又是怎么得知这个人就是红峰的呢？

核心逻辑尚未明晰，干燥的落叶只是推理的切入点。

瞧见落叶之后，明神望向了最前排的座位，然后是一旁的窗帘。她的视线之中隐藏着推理的真相。

"最前排，窗帘……最前排，窗帘……"

我一边喃喃自语，一边打开笔记本，重新阅读红峰的证言记录，我认为线索一定就在其中。

就连看似无关紧要的记录，我也翻来覆去地阅读。

"嗯?"

我眉头一皱。

"我没有失误吧。"红峰应该这样说过。

倘若如此——

我的脑海里浮现出拼图完成的模样。

※

"原来是这么回事。"

回过神来的时候，我已经翻开了笔记本的新一页。

"对啊。"

滑动的笔尖即是思考的足迹。

将明神凛音这个不可捉摸的少女的脑中所想，在纸上再现出来。

"这样啊！"

落叶、窗帘、雨、风、钥匙、教师办公室、厕所、座位顺序、涂鸦、划痕、细线、相浦、田岛、印刷品、不合季节的披肩。

一片片拼图，七零八碎。

但当这一切全都嵌合在一起时，好似拼完整的图案浮现出来一般，一个明确的结论清晰显现。

真理不言自明。

终于能够说出这句话。

真理不言自明，意为无需说明，真理自现。

洞若观火，不足以显其彰明。

这句毫不谦恭的话语中，我终于能够指出其误用之处。

对你而言的自明，对我们而言却是不明。

对你而言的真理，对我们而言却是谜团。

——你就是犯人。

那天，从你口中吐露的那一句话。

这无疑是推理。

这无疑是解谜。

到了这里——我终于明白了，虽然迟了一步。

——让你久等了，明神凛音。

能够和你沟通的人，此时此刻，就在这里。

＊

"打扰了。"

这是我第二次造访心理咨询室。

此刻是午休时间，虽说放学后也可以再来，但天晓得明神那家伙会不会凭借擅长的天启觉察到状况并提前逃走。

虽然可能碰上其他前来咨询的人，但会客沙发上只有这个房间的主人明神芙蓉老师。

"伊吕波？前天刚来过吧。"

明神老师边说边擦着嘴唇上的奶酪。

客厅的茶几上摊着一份单人份的披萨。

这人在学校里吃什么啊？

老师拿起一份披萨，上面的起司被拉成了长长的丝。

"瞧你一脸馋样，要来一块吗？"

"不用了，我自己带了吃的。"

我拿出路上在小卖部买的甜面包和奶茶，坐在了老师的对面。

老师的背后，是一块白色的隔板。

隔板的背面并没有任何声音。

"什么，才这点，高中可是最能吃的阶段哦。"

"老师，您是不是吃太多了？在学校里吃外卖披萨真的没问题吗？"

"咨询室可是有治外法权的地方哦。"

老师边说边喝了口可乐，"咕"地打了一个小嗝。

"为了切实保护前来咨询的学生的隐私，为了让学生们毫无顾忌地寻求帮助，这个地方必须与学校的环境隔离开来，成为解放自我的场所。所以我也必须毫无顾忌地吃自己想吃的东西。"

这人又在说一些看似冠冕堂皇的话，其实不过是单纯想吃披萨而已。

我再度将视线转向了老师身后的隔板。

"找到答案了吗？"

或许是觉察到了什么，还没等我开口，老师就出声询问。

我将目光移到了老师身上。

"是的。"

"你确定吗?"

"九成左右。"

"剩下的一成呢?"

"这部分不需要我来证明。"

"是么,真了不得。实际上只花了一天吧。"

老师伸手去拿下一块披萨。

"不巧的是,我没什么空余时间,要是不介意的话,我就边吃披萨边问你吧。一个月前,家妹明神凛音是如何认定涂鸦犯的——这究竟是天启还是推理?"

在老师略显做作的言辞之外,我隐隐听到了一些细微的动静。

——咔。

白色隔板对面传来了拼图嵌合的声音。

我循着声音传来的方向,开口回应道:

"是推理。"

凭借着我自己的信条和积累的逻辑。

"至少在那一天,对你来说是完全能做到的。"

*

面对着看不到的同班同学,我陈述着自己的推理。

"四月二十七日早上,在你发现书桌上的涂鸦,到你指认红峰为犯人之间,据我观察,你的视线仅仅在四个地方停留过。"

"只有四个?"

老师插了句嘴。

"其中两个自然是被涂鸦的桌子和犯人红峰。"

"剩下的两个呢?"

"是落叶和窗帘。"

"哦,是寻常可见的垃圾和每个教室都有的东西啊。"

"是的。然而,根据当时的状况来看,只能认为明神是在此二者身上获取了锁定犯人的关键线索。"

"这听起来不太像是人类能够做到的。"

"按照现在表述的内容来看,是这么回事。可要是提高信息的具体性,情况就会发生改变。"

我再度将视线转向了隔板。

"首先是落叶。你看到的并非寻常的落叶,而是'干燥的落叶'。"

"干燥的?这个信息有那么重要?"

"当然,因为那天从早上起就一直在下雨。"

我拿出手机,翻出事先准备好的信息。

"推测是早上七点半左右,而根据气象局的记录,雨是从早上七点三十二分开始下的。既然是干燥的落叶,没有被雨淋湿,就说明它是在那之前被带进教室的。"

"嗯,落叶可能是掉在衣服上,被人带进来的……"

"在如此早的时间来到教室,并且特意靠近靠窗倒数第二排明神的座位,说是碰巧经过,实在有些勉强。这已经足够让人怀疑了。"

"这么说来,犯人就只限于在下雨前就到校的人咯……不过,掉在衣服上的假设虽然是我自己提出来的,但那些干燥的落叶也不一定是人类带进来的吧?也可能是从打开的窗户里飘进来的。"

"是啊,所以下一个问题就是,那片落叶的进入途径。"

我望向了隔板。

"而这就涉及了你看到的另一样线索——窗帘。只不过那也不是普通的窗帘，而是'半开的窗帘'。"

"半开的？或许是前一天轮值的人疏忽了吧？"

"不是。其他窗帘都整齐地拉开着，唯独最前排座位侧边的窗帘不自然地半开着。这就是你的线索。"

嘶——老师啜了口咖啡。

"我是从犯人红峰那里直接打听到的，当时的明神并不知道，红峰的证词是'我去了自己的座位，放下书包……先乘了会儿凉'，这是一个月前的记忆，难免有些模糊，因此红峰当时忘了提某件事。"

"'先乘了会儿凉'是吧……这里有点奇怪，"老师将修长的双腿换个方向，"除了上课时间以外，教室里是不开空调的，更别说才四月份了。"

"没有空调要怎么乘凉呢？"

答案非常简单。

"只要打开窗户就好了。"

没错。

红峰到了教室后，把书包放在了座位上，然后打开了窗户。

但是一个月前的细节她已经记不清了，因此她没有告诉我。

"那天'雨水猛烈击打窗玻璃'，即风是朝窗户吹的。红峰打开了窗户，风就会吹进来。风一旦吹进来，窗帘就会随之展开。"

窗帘在风中猛烈舞动，这样的景象每个人应该都曾见过。

"正因为这样，原本束在一起的窗帘被风吹了开来，呈现出半开的状态。明神，你是因为看到了'半开的窗帘'，才发觉窗户曾一度打开过。下雨的时候，没人会去开窗，那就意味着有人一大早赶在下雨前来到教室，打开了窗户——随着吹进来的风，干燥的树叶附在了那个人的衣服或头发上，在涂鸦的过程中掉到了地上。这就是你的判断。"

通过这个推理，明神无限接近了犯人的真身——红峰。

从其他窗户没有被打开的迹象来看，犯人开窗的理由是为了独自享受凉风，而半开的窗帘恰好位于前排座位的侧边。

也就是说，犯人很可能是最前排座位的某人——尤其是坐在易于吹到风的靠窗座位的人。

最前排从窗边数第二个座位上的红峰就这样进入了射程。

啪嗒！传来一声很大的响动。

我望向了白色隔板——不，是隔板对面的同班同学。

"……漏洞。"

我听到了像是从喉咙深处硬挤出来的微弱声音。

"有……漏洞。"

总算等到了。

她似乎终于有了沟通的意愿。

"我是凭什么断定落叶是当天落下来的呢？"

我从沙发上站起身来，老师未发一语。

"有可能是前一天掉下来的，甚至是更早之前，也许它一直就在我座位的桌脚边上……如果是这样的话，这个推理就……"

"确实，不能成立。"

我绕过隔板，向着正在靠窗桌子前摊着一堆拼图的明神凛音如此说道。

"有关这点，我也准备了假设。不过就只是假设而已，并没有确凿的证据——但对你来说并不是这样。"

明神的对面已经准备好了一把椅子，我拉开椅子坐了下来。这是我头一遭和她正面相对。

"刚才我说过了，有一层推理我并不需要证明。这是理所当然的，因为这并不是我的推理，而是你的推理。虽然从我的视角来看这只是假说，但只要从你的视角看是完备的推理，那就没有问题。"

我拿起了一片拼图。

在法庭上，总会有两个人展开激烈辩论，可能是检察官和律师的对峙，也可能是两位律师的交锋，但绝不会任由其中一方作出决定。

必须有两个人。

立场相异的两个人的对峙和争辩，这本身就是接近真相的手段，也是不可或缺的仪式。

——啪。我将拿在手里的拼图像将棋棋子一样敲在了桌子上。

"回答我吧，明神。"

我正面凝视着明神凛音的眼睛，开始了"沟通"。

"那天你看到的干燥落叶上面，是不是有被人踩过的痕迹？"

"你为……为什么要问这个？"

"这是倒推法。我不认为你是神之子那种超自然的存在，如果真是这样，那么你毫不犹豫地对红峰挥拳相向，一定是基于某种逻辑。只要通过逻辑来思考，从你把红峰锁定为犯人这个事实进行倒推，那片落叶上就必定有被人踩过的痕迹。"

我又拿起一片拼图，将其嵌入了正确的位置。

"那些叶子落在地板上的时间，可能是前一天，可能更早，你是这么说的。但事实上，时间范围还可以进一步缩减，即从前一天放学后到离校期间，只可能是这个时间段。因为每次放学后都会有人打扫卫生，到了离校时间，门就会被锁上，没人能进入教室。"

"请等一下，"明神也拿起了一片拼图，"放学时间门会被锁上，没人能进入教室——这我也知道。但窗户呢？我的座位靠近窗户，正如姐姐刚才说的，也许是某人忘了关窗，那片叶子有可能是从那里飘进来的。"

"不大可能哦，"咔，咔，拼图嵌入的声音不绝于耳，"我说过了吧，那天风骤雨急，雨滴敲击在窗户上，要是窗户开着，你的桌子会被打湿，当然了，脚底的那些落叶也是一样。"

"那就是在下雨之前，有人关上了窗户。"

"就算是这样，下雨前有人靠近过你的桌子，这个结论也不会改变。"

寒冰般无动于衷的表情产生了一丝动摇。

樱桃色的嘴唇微微抿起，仿佛在按捺着悔恨。

……啊，我必须改变看法。

脱口而出的反驳，正是她一直在思考的证据——她一直在试图解释自己无法解释的推理。

她并不是无法沟通的人。

"那我继续，落叶落在你座位附近的时间，要么是那天清晨，要么是前一天放学后。这里我们需要思考的是那些树叶是通过什么途径进入教室的。如果进来的时间是那天清晨，那么正如我之前说的那样，落叶可能是附着在红峰——也就是犯人的头发或者衣服上带进来的。问题在于，如果认定落叶是前一天放学后进入教室的情况。"

"没什么区别吧？反正不是被风从窗户里吹进来的，就是掉在犯人的衣服上……"

"没错，只要*没有被踩过的痕迹*。"

"你这人讲话总是这么弯弯绕绕啊。"

明神显得有些不耐烦。虽然感觉有些对不住她，但我也必须尽力让这位扑克脸女不要无视我。

"如果落叶上有被踩过的痕迹，那么这两种可能性都不成立。因为被踩过的痕迹表明它曾落在室外的地面上。这样的话，只有风势极大的日子里，叶子才有可能从窗户飘进教室，或是掉在某人的衣服上。唯有刮强风的天气，才能把贴在地面上的落叶吹起来。"

"所以当天的风很大，是吧？落叶可能是从窗户吹进来的。"

"那是事发当天的情况，前一天反倒十分平静。"

　　那天的风超大的，明明前一天还风平浪静，这就是所谓的"春一番"吗？

红峰曾提到过这个情况，虽然当时的她只把这当作闲话，但我也因此想起这一点，并连同下雨的情况一起在手机上做了调查。事实证明，事发前一天，一整天都没有风。

明神看着我手机屏幕上显示的调查结果，脸上浮现出苦涩之色。虽然表情几乎没有明显变化，但她的情绪渐渐显露出来。

"那是不是贴在鞋底上被带进来的呢？要是有被踩过的痕迹，这就是最自然的可能性。"

"这恰恰是最不自然的可能性，你是不是太久没去教室，以至于忘记在校舍里是要换上室内鞋的呢？难不成落叶还能从室外鞋瞬间移动到室内鞋上吗？"

"……啊。"

"综上所述，"在明神不由自主地张嘴叹息时，我将一块拼图嵌入了中央，"如果落叶有被踩的痕迹，那就不可能是前一天放学后被带进教室的，理由是所有相关的可能性都被否定了。另一方面，要是树叶没有被踩过的痕迹，那么你刚才提及的两种可能性就没法完全排除——也就是说，推理会半途夭折。"

"但是……事实上我的推理确实锁定了犯人，对吧？"

"是的，这正是在该假设下进行的讨论。尽管是倒推，*但既然你的推理已经完成，就不存在会令推理半途夭折的证据。由此我推断出你所看到的落叶有被踩过的痕迹*。你理解得很快，真是帮了大忙。"

"才没有。"

明神不服气地喃喃自语，视线落在比昨天更接近完成的拼图上。

虽然我们像将棋或国际象棋的棋手一样互相对抗，但我们的目标是相同的——完成同一幅拼图。

无论是我还是明神，不管是谁嵌上拼图，最终完成的都是同一幅画面。

"……我承认。"

明神终于以不情不愿的口吻叹息着宣告道。

"我看到的落叶上确实有被踩过的痕迹，上边还沾着一些泥，一看就知道不是在室内，而是在室外踩上的。"

"果然是这样。更确切地说，那片叶子是中庭的树叶，听说是从外国移植过来的，相当稀罕呢。"

"嗯，我也是事后调查了一下才知道的。"

"你当时不知道吗？"

"我的潜意识，或者说'神明'应该已经意识到了……姐姐也说过吧？我是真不知道自己是怎么思考的。"

……不知道自己如何思考，这究竟是怎样一种感觉？

正因为如此，她才会用"神明"这样的称呼来描述那种无法理解的感觉。

"不相信也没关系，你看起来挺死脑筋的。"

"哼，轮不到你说……总之，有关落叶的验证终于结束了。"

我拿起了几片拼图。

"落叶是干燥的，还有在室外被踩踏的痕迹，由此可见应该不是前一天放学后被带进教室的——剩下的可能性便是在事发的当天清晨，雨落下来之前从最前排侧边的窗户里飘进来的，粘在某人脚上被带到这里，这是唯一的解释。"

"我怎么知道是那个小个子辣妹同学？"

"小个子辣妹？"

"就是那个个子矮矮的小辣妹。"

"哦，你是说红峰啊……"

她连红峰的名字都没记住吗？居然还用"辣妹"这般古早的词汇。

明神紧紧攥着不合时宜的披肩。

"我还是没明白。从落叶和半开的窗帘来看，显然是打开了最前排座位侧边的窗户的人就是嫌疑人。到这一步我都清楚了——但为什么我只把嫌疑缩小到那个小个子辣妹身上呢……"

"根据现场留下的线索，可以推理出两个简单的结论……我就按顺序解释吧。"

咔，咔，我将手里的拼图逐一嵌入正确的位置。

"首先是犯人开窗的原因。当时教室十分闷热。虽然是四月，气温很高。当然了，四月份教室里的空调是不可能打开的。所以可以推测犯人是为了乘凉才打开了窗户。"

"是不是为了换气呢?"

明神也拿起一片拼图，咔地一声嵌了进去。

"没有这种可能。换气的话应该会把所有窗户都打开，这样一来，所有的窗帘都应该是半开的状态。但现实是只有前排座位侧边的窗帘是半开的。"

　　只有那个座位侧边的窗户半遮着窗帘，那个人的身影就隐藏在淡薄的黑暗中。

　　窗帘全都没有系绳，就这样随意地敞开着，雨水猛烈击打窗玻璃的模样了然可见。

"总之，犯人是为了乘凉才拉开窗帘的。如果是这样的话，那人自然会打开最近的窗户。犯人的座位很可能在从窗户吹进的风所能企及的范围之内。也就是说，那人的座位在最前排，从窗边开始数第三个座位以内。红峰的座位是靠窗的第二个，因此在这个范围内。"

"请稍等一下。"

伴随着啪的一声，明神重重地嵌入了一片拼图。

"你假设犯人是在自己的座位上吹风的，这个结论是怎么得出的呢? 或许距离窗户四个座位开外的人开了窗，然后留在窗边享受凉风吧。"

"原来如此，看来我解释得还不够全面。"

我意识到我的解释尚显不足，于是在脑内稍稍整理了思绪。

"我从红峰本人那里听说了涂鸦时的情况，但你并不知道这些。那就请认真地想象一下，犯人进入教室以后，到底会采取怎样的行动。"

"那人当然会先把书包放在自己的座位上，然后……觉得很热，就去打开了窗户。"

"正是这样。当人感觉到热的时候，首先会做什么呢？"

"应该是打开窗户……不对。"

"确实不对。"

我点了点头，并指向了踌躇不决的明神。

不，我指向的并非明神本人。

而是披在她肩上的，不合季节的披肩。

"人一旦觉得热，首先会脱掉外套，是吧？开窗是后话了。"

"这么说来，犯人首先脱掉了西装外套，对吧？那又怎么样？"

"这就很奇怪了，因为桌面上的涂鸦有类似划痕的东西。"

"划痕？有吗？"

"我有照片……要看吗？"

明神皱起了眉，但还是点了点头。虽然桌面上写满了针对自己的恶言恶语，理应不愿多看……但既然本人表示想看，我也该尊重她的意愿。

明神盯着我手机上的照片，嘴里嘟囔着："确实……"

"这些划痕有什么意义？"

"从粉笔的字迹来看，划痕是在涂鸦过程中留下的。所以合理的推测是犯人弄上去的。然而，犯人应该没有理由划花自己辛辛苦苦写出来的涂鸦。"

"是偶然留下的吗?"

"对,而且在我们高中的制服上,有很容易留下这种痕迹的部件。"

我抬起胳膊,把西装外套的袖子展示给明神。

留下划痕的元凶就在于此。

闪耀着金色光芒的东西是——

"袖扣。那些划痕是袖扣造成的,最自然的推测就是这个。但是袖扣只会出现在西装外套上,里边的衬衫是没有的。"

"啊……"

"犯人在涂鸦的时候,身上穿着西装外套。"

这是一桩非常古怪的事情。

如果觉得天气太热而打开窗户,那当然也会脱掉西装外套。从干燥的落叶来看,可以认为涂鸦是在开窗之后发生的,所以当时穿着西装外套是很不自然的。

"如果认为有什么合理的理由,我只能想到一个——'比起脱掉西装外套,打开窗户要快得多'。"

"你的意思是,如果是在触手可及的范围,或者只需走一两步的距离,那么比起一个一个解掉纽扣脱掉外套,还是打开窗户更加容易,是吗?"

"没错,所以从窗户数起的第四个以及之后的座位,再怎么看都不符这个条件。要是把教室一分为二,相比窗户,那边距离走廊更近,因此认定坐在前三个座位上的人很可疑。你有什么要反驳的吗?"

"犯人会不会没有把书包放在座位上,而是径直走向窗户。要是犯人手里一直拿着东西,脱西装外套确实不太方便。"

"这是个不错的反驳,不过还是不太可能。试想一下,从教室后面进来的犯人首先径直走向窗户，这样的话理应会去后排的窗户吧。可窗帘半开的是最前排侧边的窗户。"

"你是怎么知道犯人是从后门进来的？"

"通过教师办公室的位置判断的。最早到校的犯人发现教室的门是锁着的，便去教师办公室拿钥匙，然后再折返回来。教师办公室在教室的东侧——靠近后门的楼梯下方。犯人拿到钥匙后，直接从楼梯返回教室就行了，为什么要特地绕去前门呢？"

"这个么……可能是去了趟厕所。"

"厕所也在教室的东侧，对了，当天早上我也与几位去厕所的女生擦肩而过。更何况拿着书包上厕所也不太方便。"

"……"

明神的反驳之词似乎已经枯竭，一个月没来教室果然带来了恶果。

"犯人先把书包放在了座位上，觉得身上很热，于是在脱外套前先打开了窗，因为这样更快。因此，犯人的座位从窗户数最多也就到第三列——也就是说，当时嫌犯只有三个人，从窗边数第二列的红峰，靠窗的相浦，以及第三列的田岛。"

"这些都是什么人？"

"好好记住你的同班同学吧。相浦是短发女生，田岛是棒球社的寸头男生。我们要逐一排查这些人作案的可能，"我接着说道，"首先，如果犯人是靠窗的相浦，那么问题就在于下雨。"

"雨？"

"还记得那天早晨，相浦的行动有些不太寻常吗？以下摘录自我的日记'她战战兢兢地穿过教室，把包放在窗边最前排的桌子上。可是她旋即又皱着眉头把书包拿了起来，用制服的袖子不停地擦拭桌子'。从这里可以看出，相浦的座位是湿的。"

"你是说……雨扫进来了？"

"应该就是这样吧，相浦座位旁边的窗户在下雨后仍开了一会儿，要是她及时察觉到雨水并关上窗户，滴落到桌面上的雨水理应只有几滴——从开始下雨到我们抵达教室的一小时里，雨水应该已经干了。犯人或许是一门心思涂鸦，以至于浑然不觉的时候天已经下起了雨。接下来……"

我用手指敲击着摊开拼图的桌面。

"因为开着窗户导致桌子被雨淋湿。要是桌子的主人，也就是相浦是犯人，那她应该是在涂鸦结束后，离开教室时发现的这个情况，毕竟书包还放在座位上。"

"你的意思是，那个时候她应该会擦桌子。"

"没错。"

"或许是她感知到了其他学生的气息，匆匆逃走了，以至于没时间擦桌子……"

"相浦曾一度把书包放在桌子上，却没有发现桌子是湿的。一个明知桌子是湿的人是不会傻到把书包放到桌子上的——所以那天我看到她的时候，她是第一次走进教室。"

"我从刚才就在想，你的日记是不是太过详细了？"

"一个人永远不知道未来会发生什么，所以我每天都要把发生的事情尽可能详细地记录下来。"

"真够恶心的。"

既然得到了褒扬，那我就继续往下说吧。

我把一片拼图嵌了进去。

"然后，就是犯人坐在从窗边数第三个座位的情况，这就更简单了。第三个座位坐的是棒球社的田岛，接下来你应该明白吧？"

"你的意思是男生不可能是犯人？涂鸦的内容确实像是出自女生之手，但仅凭这点就断言男生不是犯人，未免为时过早吧。"

"涂鸦的内容确实无关紧要，重要的是涂鸦留下的痕迹。除了袖扣造成的划痕，还有一处疑点——那就是粉笔写下的文字存在中断的地方。"

"中断？"

明神歪过了头，向我伸出手来，似乎是想再看一眼照片。我把手机递给了她，她凝视着屏幕，认真观察了起来。

"你说的是这个……像是粉笔从一条线上划过的地方？"

"对，但是平时上课的教室里是不会上家政课的，比起线掉在桌子上的假设，有一个更贴近真相的可能。"

明神屏住呼吸，摸了摸自己的长发。

"头发。"

"明鉴，"我咧嘴一笑，"这些痕迹可能是写字的时候划过垂落或掉在桌面上的头发造成的。如果笔尖像自动铅笔一样锋利，还可以在写字的同时划开少量头发，但犯人用的是粉笔，或许根本没意识到自己写字时压到了头发。"

真是讽刺。红峰之所以使用粉笔，是为了尽量避免接触能联系上自己的东西，实际却留下了致命的痕迹。

"由此可见，犯人的头发长度至少要超过粉笔直径——粉笔直径约为十二毫米。而棒球社的田岛头发有多长呢？"

"棒球社……也就是说……"

"没错，是短寸头，长度在一点五到二毫米之间，其长度并不足以造成字迹的中断。明神，你当时应该是一眼就看出来了。"

咔的一声，我又嵌上了一片拼图。

"犯人是靠窗第一个座位的相浦，或者第三个座位的田岛，这两种可能性都被排除了……剩下的就是第二列座位的红峰亚衣。"

拼图已接近完成之态。

余下的拼图只有两片——即便是再迟钝的人，到这一步也绝对能够完成了。

明神茫然地看向了我。

余下两片拼图中的一片就握在她的手里。

"所以，我就是这样推理出来的吗?"

"你不认同我的推理吗?"

"不。"

明神摇了摇头，长发也随之轻轻摇晃。

"现在只剩下最后一个谜团，关于这点，你还没有作出解释。"

"说吧。"

"推理的顺序。"

明神凛音紧握着一片拼图，以触碰禁忌般的语气提出了留在自己身上的最后一个谜团。

"根据你的推理，我的推理顺序是这样的——首先，确认'桌面上的涂鸦'和'留下的痕迹'，然后注意到'落叶'，思考其进入室内的途径。接着留意到'半开的窗帘'，确定犯人的移动轨迹，最后将嫌疑人锁定在靠窗一侧的'最前排的三人'……"

"就是这样。"

"但我还清楚地记得，当天早上，当'神明'进行推理的时候，我是按照什么样的顺序进行了怎样的推理。你那恶心的日记里不是也写了吗?"

"是啊，当然。"

"我目光移动的顺序应该是这样的——'桌面上的涂鸦''落叶''最前排的座位''窗帘'……可这样岂不是很奇怪?"

"很奇怪吗?"

"按照你的推理,我应该是最后才看向'最前排的座位'。"

如果这只是单纯的推理……到目前为止的内容应该已经足够了。

可这是推理的推理。

我们反反复复讨论的,是明神凛音当时究竟想到了什么。

因此,我必须给出解答——

为什么在看到窗帘之前,明神凛音就望向了前排的座位。

"我在看到'落叶'之后,立刻看向了'最前排的座位',这个时候,我就对坐在那里的小个子辣妹同学产生了怀疑。也就是说,并不是像你现在这样通过排除法循序渐进,而是有足以当即把对方定为犯人的'某样东西'。要是你给不出提示,你的推理就是不完整的。"

这番话像是挑衅,又像是试探……甚至是某种期待。

面对迫使我提示答案的明神,我情不自禁地嘴角上扬起来。

"真是讽刺啊。"

"什么意思?"

"一个月前,是我指出你证据不足,如今却颠倒过来了。这究竟是怎样的因果。"

明神陷入了沉默,目不转睛地看着我,好似在审视着什么。

一想到一个月前,她将我判定为"无法沟通"的存在,对我避之不及。如今的状况简直判若天渊。这就是我在名为明神凛音的陌生少女的脑海中遍历了诸般风景之后,最后抵达的终点吗?

并不是。

"当你注意到'最前排的座位'之前，你还看到了两样东西。那就是'桌面上的涂鸦'和'落叶'。因此单从逻辑上考量，其中必然存在着让你直接把嫌疑锁定在红峰身上的'某物'。"

　　"……嗯。"

　　"事实上，我也为此烦恼了很久。虽然想法很快就蹦出来了……但还是很难相信。难不成就为了这些微小的细节，就产生了怀疑吗？但回过头来看，确实有种异样的感觉。将那些细微的异样一一拼凑起来，终于触及了问题的答案。"

　　这是最后一步。

　　这场追溯明神凛音推理的旅程——这就是最后一步。

　　我拿起最后剩下的两片拼图的另一片。

　　"'某样东西'就存在于'桌面的涂鸦'里。"

　　"涂鸦？你指的是刮痕或者中断的痕迹吗？"

　　"不，是涂鸦的内容本身。既然是红峰写的，总感觉有些奇怪。究竟哪里奇怪呢，我一时半会儿也没想明白。但在反复确认了涂鸦内容后……"

　　"恶心""烦人精""浪荡女""拽什么拽"……

　　被涂在桌面上的，尽是无数毫无个性的谩骂。但从红峰亚衣所写的东西来看，其中一些言语稍显异样。

　　为什么偏偏选择这个词。

　　"奇怪的是——用词。用词很奇怪。"

　　"用词？"

　　"对女高中生来说，这个词并不常见。其实有更简单、更普遍的表达方式。在涂鸦中就有这样一个词。"

　　我一边咔的一声嵌入了拼图，一边提示了那个词。

"是'浪荡女'。选择这个词让人感觉很是异样。"

明神轻轻地皱起眉头，将纤细的拇指抵在自己的嘴唇之上。

"确实，这个词有些老旧，而且很少听到……"

"如果这是独有的表达方式，也没什么可奇怪的。但尽管类似对女性的辱骂之词还有更常见的，她却刻意避开了那些词，只写了'浪荡女'，其中似乎颇有深意。说不定，犯人——也就是红峰，担心'某个词'会暴露自己的真实身份，因此刻意回避掉了。作为替代。她选择了含义大致相同的'浪荡女'。"

"能跟小个子辣妹联系起来的骂人话？那是……"

"从目前的推理来看，你——或者说附在你身上的'神明'似乎对周围的一切兴趣寥寥，但出乎意料的是，你对教室里的事情观察得还挺仔细。这样的你一定能够理解，红峰对于'某个词'有着过度反应的习惯。每次开玩笑提到这个词的时候，她总是反应过度，对，就是——"

有时她会脸红，甚至还会探出身子。

"——她总是说'才不是贱人'。"

"……啊。"

这个词带着戏谑的语气，常常被拿来说笑，然而红峰从不会一笑而过，总是郑重其事地予以否认。

所以就是这样。

对红峰而言，比起"浪荡女"，"贱人"才是她更熟悉的词。

正因为如此，她才刻意避开了这个词。

一想到自己会跟这个词扯上关系，就会感到不安——

"意外的是，红峰立刻想到了'贱人'的近义词'浪荡女'这个词。毕竟那家伙连课都不肯好好上，哪怕用手机搜索也需要一定的知识储备。我不认为红峰会想到这么难的'近义词'。"

　　我操作手机调出照片，递给明神看。

　　"这个……应该是贴在教室里的……"

　　春日手工艺品市场！

　　日期：4月29日

　　场所：多功能厅

　　朗报——（雨天照常进行）哦。

　　当天，我们还将提供裤子、衬衫等衣物的缝补服务！

　　女生男生们，趁长假前来体验一趟如何？

　　"如你所知，这是手工艺社的活动告示，就贴在红峰座位的正前方。"

　　"这张告示有什么特别的呢？哪里都看不到'浪荡女'之类的恶俗词汇……"

　　"这个词就藏在里边。红峰上课的时候一直发呆，有大把的时间寻找这个——一旦被她发现，就很难从脑海中抹去。这个词会不停地出现在她的视线里。所以在冲动之下实施涂鸦时，她就自然而然地想到了这个词。"

　　明神眯起眼睛，贴近了手机屏幕。姣好的面孔形象全无。

　　又过了片刻，明神依旧沉默不语。脑子果然够僵的。无奈之下，我只能给个提示。

　　"试着读一下'多功能厅'以下的首字。"

"首字？……朗……当……女……啊！"

明神原本面无表情的脸终于绷不住了。

是啊，那个词就藏在里边，纯属巧合。

朗报——朗——浪

当天——当——荡

女生男生们——女

"要是按照顺序读第三行以下的首字，就会变成'浪荡女'。自从那张告示贴出来以后，这个词就一直在红峰眼里晃悠。这就是她在冲动之下，选择用这个词来替换熟悉的'贱人'的原因。"

当然了，仅凭这点完全是牵强附会。

可要是以此为契机，逐一验证其他所有可能性，小心地予以排除的话——就不再是牵强附会了。

这就是推理。

这是明神推理的第一步——也是我推理的最后一步。

"正因为我的脑海中存在这样的想法，所以才先看向了小个子辣妹同学。"

明神缓缓地靠在椅背上，俯视着几近完成的拼图。

余下的空位只有一个。

此时再无思考的余地。

真理不言自明。

明神只需将她手里最后一片拼图嵌入其中即可。

"你……"

她的声音如同叹息。

"你……不光是我，就连那个小个子辣妹同学的想法也猜出来了？"

"别把我说得跟有超能力一样，你这边姑且不论，红峰那头只是我的想象。"

"嗯……以想象而言太细致了，有点恶心。"

这个女人……！事到如今还不忘毒舌！

正当我打算在她继续挖苦之前开口解释的时候——

"真是没法沟通的人——一个月前，我是这样评价你的。"

明神张开了紧握的手掌，用指尖轻轻夹起掌心中的拼图。

然后——

"现在我撤回这句话。"

＊

最后一片拼图被嵌了进去。

桌面上已不再是拼图。

而是鲜花盛开，五彩斑斓的美丽的花田。

＊

我们似乎聊了很久。

回过神来，已经过了半个多小时的时间，午休结束的铃声在校舍内回荡着。

啪唧啪唧——混杂在其中的，还有干巴巴的掌声。

回头一看，明神老师正倚在隔板上拍手。

"伊吕波，你的推理非常棒。如果这是考试，而我负责打分的话，会给你九十五分哦。"

"那剩下的五分呢？"

"略显冗长了，虽然你认真地检视了每一种细微的可能性，但人们比起严谨的真理，更喜欢简单易懂的答案。请务必记好了。"

这简直就像是说，哪怕不够正确，只要容易理解就行。

在我出言反驳之前，老师把视线移到了明神——自己的妹妹身上。

"凛音，看起来已经被证明了啊。你的能力并不是老爹所说的神谕，只不过是推理而已。"

"看起来确实是这样。"

"那就吸取教训，放下傲慢吧。无法向他人解释的真相，对于社会生活没有任何帮助。"

"……"

明神沉默不语，只是紧盯着自己的膝盖。

长发垂落下来，遮住了她的表情。即便是过去两天最能揣摩她心中所想的我，此刻也无法洞悉她的想法。

无法证明的真相，确乎无力得令人悲哀。

即便知道自己是无辜的，但要是没法正确地向他人传达，也难以获取俗世的认同和社会的信任。

证据才是抗衡俗世的武器，证明才是对抗社会的手段。

所以，我——

"有什么想说的，就说出来。"

明神的脸抬了起来。

她越过完成的拼图，看向了我的眼睛。

"如果你知道什么，或者察觉到什么，不要犹豫，直接说出来吧。不需要什么证据，不需要什么证明，这些都交由我来集齐。"

"呃……可，可是……"

"我不是说过了吗？我想当律师，所谓的律师，就是把委托人所知的真相巧妙地传达给他人的职业。"

当时也是这样。

唯有我知道真相。

可我不知道该怎样告诉别人。

对于这样的我……是那个人伸出了援手。

"做我的第一个委托人吧，明神，无论你的推理多么突兀离奇，我都会为你一一证明。"

明神的嘴唇微微抽动了一下。

她即刻低下头遮住了自己的表情。但就在看到那一幕的瞬间，我就明白了。

果然，她就是当时的我。

她生来就拥有古怪能力，因此从未有人相信藏于她内心的真相——寂寞、恐惧、孤独，和当时的我简直如出一辙。

"你……"

她努力不让声音颤抖。

虽然她的嘴巴很毒，但唯独这点让人敬佩。

"你……会认真听我说的话吗？"

"请放心。"

我露出了和那个人一样的笑容。

"目前咨询费全免哦。"

"呵呵。"

明神的肩膀微微晃了一下。

莫非，刚才，她笑了？

她的面孔低垂，看不清表情——什么啊，这不就是一个普通的少女吗？

"那么……拜托你了。"

抬起的面孔依旧没有丝毫变化，只是看上去柔和了些许。

"如果事后索要费用，或是要求别的东西，我就起诉你。"

"谁会干这个啊。"

"还有，当我自己能推理出来的时候，就没你什么事了。请勿见怪。"

"呵，先记住拼图的方法再说吧，笨手笨脚的。"

"我只是想慢慢享受罢了。"

你撒谎。

就在明神突然把脸别开的时候，老师从后面说道：

"很抱歉打扰你们建立深厚的友情，但上课铃快响了。先回教室吧，伊吕波，你辛辛苦苦买来的面包还没吃哦。"

啊，对了，只顾着说话忘记了这茬。

我慌慌张张地从椅子上站起身来。

"伊吕波，今后你可以继续到这里来。"

"什么？啊，好的。"

"只要把一切交给你，凛音就离重回教室不远了吧。"

"我不会回教室的。"

"是她自己说的哦。"

"只是时间问题，过段时间她就会改变主意的。"

事情真有那么简单吗……

接着，老师转过身说：

"那么，我先去销毁披萨的证据了。伊吕波，你也要保密哦。"

这样真的没问题吗？老师拿着披萨盒子走出了门，我正打算绕过隔板，突然想起了一件事。

"对了，有关那张手工社的告示。"

"什么？"

明神收拾好完成的拼图，从椅子上站起身来，正预备从后边的架子上取出一盒新的拼图，她手上还有存货吗……

"那张告示贴在红峰座位的前面，也就黑板的左侧。而你的座位在靠窗倒数第二个位置，这不是上课的时候可以望见的距离，从位置上看，也几乎没有机会看到，是吧？"

明神微微一震，动作登时停滞。

"尽管如此，你却没有重新确认那张告示，就做出了那样的推理——也就是说，你准确地记住了告示的内容。要是对告示的内容毫无兴趣，应该是做不到的。"

我的嘴角浮现一抹笑意，就这样看向明神。

而她的肩膀上正披着不合季节的披肩。

"手艺真不错啊。你考不考虑加入手工社？"

夏日已然临近，为何还要披着披肩呢？

这个谜题的答案并无特别——大概是因为披肩做得漂亮，所以才喜欢吧。

既然有这样的兴趣，就去加入一个有同好的社团，这样一来，重返社会也会更容易一些——但明神依旧背对着我。

所以我无法分辨她脸上的表情。

只是那副肩膀似乎在微微颤抖。

"有什么可害羞的呢，真看不出是手工做的，太厉害了。"

"……！"

"那个图案也是手工编织的吧？真是令人惊叹，完全可以拿去卖了。"

"别，别说了！"

这是明神目前为止最大的喊声。

她像鼠妇一样弓起背，把刚从架子上拿下来的拼图盒子紧紧抱在胸口。

"嘶，哈……"

好像是深呼吸的声音。

要是想做体操的话，还是先把那个拼图盒子放在一边比较好吧。

"我也来为你做个推理吧。"

"嗯?"

明神背对着我，声音略显僵硬。

"你说小个子辣妹同学之所以把'贱人'换成了'浪荡女'，理由是'怕和自己扯上关系'，对吧?"

"嗯，我是这样想的。"

"我猜她只是单纯讨厌这个词吧。讨厌这种叫法，所以也不想用在我身上……只是这样而已。"

"我觉得还是'浪荡女'的表达更加尖锐一点吧。"

"这就是所谓复杂的少女心吧。"

"证据呢?"

"这还需要证据吗? 我劝你从今往后最好别在那个小个子辣妹同学面前提这个词了。"

明神的语气甚至比断言红峰是犯人的时候还要强硬。

我不禁被她的气势压倒，一时间有些狼狈，只得挠了挠后脑勺。

"我会参考你的意见的。"

"拜托了。"

言毕，明神把新的拼图盒子放在了窗边的桌子上。

那张脸还是一如既往没有表情，让人捉摸不透她的想法。

第三话
装清纯学姐和被封闭的
体育器材仓库

七月临近，夏日的气息越发浓烈，红峰一如既往地凑了上来，她一边吸着纸盒包装的柠檬茶，一边抛出了这个问题：

　　"透矢，你听说过体育器材仓库的传闻吗？"

　　我一边挥舞着自动铅笔在笔记本上游走着，一边回答：

　　"我知道，是关于鬼火的吧。"

　　"对！传说在没人的体育器材仓库会出现鬼火，超吓人的，不是吗？"

　　"哪里吓人了？跟萤火虫也没太大区别吧。"

　　"不，完全是两回事……"

　　红峰露出了不满的表情，把手肘和胸部垫在了我的书桌上。真烦人。

　　"透矢，难道就没什么能让你害怕的东西吗？像是妖怪啦，黑暗的地方啦，或者虫子之类的。"

　　"现在我只怕喝茶。"①

　　"啊？"

　　回应不甚理想，好吧，用梗不看对象是我的错。

　　"我没什么害怕的东西，因为我经历的恐怖够别人消受一辈子了。"

　　"啊？什么意思？"

---

① 落语段子，出自明代笑话集《五杂俎》《笑府》，大致内容为饥民先声称自己害怕馒头，引诱好事者买来馒头，吃了馒头又声称害怕茶，借此骗吃骗喝。

"还有，鬼火只不过是发光而已，并不会造成什么伤害。要是能点着其他东西引发火灾，那还比较可怕。"

"我绝对不要和透矢一起去鬼屋！"

"你明白就好，谢谢。"

"谢你个头！这是嘲讽！是嘲讽！"

红峰单手托腮，把胳膊肘抵在桌面上，一脸不服的表情。

"真是的，你失去了跟我在鬼屋约会的机会，难道就没半点感想吗？处男就该有处男的样子！"

"我要以诽谤罪起诉你。"

"啊？怎么了怎么了，怎么突然破防了？啊，难不成……被我说中了吗？"

红峰嘿嘿地坏笑着，我则从书包里拿出了《六法大全》的口袋本。

"《刑法》第二百三十条第一款规定，公开诋毁他人名誉者，无论所述是否属实，均被处三年以下有期徒刑或拘留以及五十万日元以下罚金。"

"虽然不太明白，但这是事实吧？"

"无论所述是否属实。"

"无论什么？舒适？"

好吧，说话不看对象是我的错。

红峰咧嘴一笑。

"真是松了一口气，要是透矢有过那方面的经验的话，那才真恶心呢。"

"……"

"别不说话啊，现在你该问我有没有经验了吧？"

"我觉得问了之后会变得很麻烦。"

"明明就很好奇，处男。"

真是贱人。

自从被明神指责后，我就一直不敢将这样的恶语说出口，只敢在脑子里骂一遍。

穿着挑逗的衣服，做出挑逗的言行，可一旦把那个词说出来又会把她惹恼，真是让人不爽。

"先回到正题，既然你对恐怖故事不感兴趣，为什么会知道体育器材仓库的传闻呢？"

"有人来找我咨询，要求调查鬼火的真相。可我又不是灵媒，也不是灵异杂志的记者。"

"你在心理咨询室帮忙吗？真喜欢揽闲事啊。总是一刻不停地招惹麻烦。"

"这跟你们因为做值日或赶作业而痛哭流涕不一样，我这边能拿到综合评价分的哦。"

"哇，太狡猾了。优等生真不容易啊，还得拍老师马屁。"

"如果拍拍马屁就能解决问题，那倒是简单多了。"

明神老师绝非等闲之辈，毕竟她连照顾麻烦的妹妹的苦差事都推给了我。平时她不在岗的时候在做什么，我也完全猜不出来。

"好吧，我也没有闲到认真对待每一个半开玩笑的咨询，毕竟还有很多重要的咨询要处理。"

"透矢可真是个大好人啊，我还是挺喜欢你这点的哦。"

"哦。"

"好冷淡的反应啊。"

都说了，我没那么多闲工夫去认真对待每一个无聊的咨询。

"体育器材仓库的鬼火……?"

当我们行走在走廊上的时候,为了保持谈话的节奏,我随口提起了这个话题。明神凛音兴致索然地附和了一句。

放学后,我被并非明神老师的另一位老师托付了事情,于是去心理咨询室报备要晚点到,没想到明神竟然跟了过来。

或许是通过咨询增加了和人打交道的机会吧,最近她时常像这样走出咨询室。相比最初的日子,这已算是巨大的进步了。或许距离她回归教室的日子不远了吧。

我的双手捧着沉重的纸箱,明神则在一旁一脸清爽地说道:

"这不像是高中生该有的流言,或许是这些人的脑子从小学起就没怎么发育吧。"

"难得意见一致呢,看来你也对这种怪谈不太感冒。"

"换我的话,应该很快能揭晓真相吧。"

原来如此,所谓映入眼中的幽灵,不过是枯萎的芒穗①——站在能够当即揭穿各种犯人真身的明神的视角,根本没有恐惧的余地。

"那要是揭不开真相呢?"

"这是不可能的。"

"如果真的是幽灵,那应该就无法揭示了吧?"

"……"

尽管天气闷热,明神披在肩上的披肩仍微微抖动。看来她并不

---

① 日本谚语,意思是如果一个人过于紧张或恐惧,会把平常的事物看得异常可怕,甚至把不值得害怕的事物当作威胁。

如嘴上说的那样硬气。

即便明知是电影或者游戏里虚构的东西，仍会感到害怕。还真是意外可爱——或者说也有女生气的一面吧。

推开目的地音乐教室的门，里边传来了优雅的钢琴旋律。

排列成扇形的椅子上随意地摆放着吹奏乐社的乐谱和个人物品，显然其他社员都离开了。音乐教室里只剩下一名坐在钢琴前面的女生。

"打扰了，松田学姐。"

钢琴的旋律停了下来，女生抬起了头。

她是一位黑发素颜，戴着眼镜的女性，给人以沉稳的印象。学姐看向我们，报以温柔的微笑。

"伊吕波，你好。"

"你好。我把老师托付的东西带来了。"

"嗯，知道了，谢谢。能请你把它放在门边上吗？"

"好的。"

正当我弯下腰把纸箱放在地板上时，学姐的目光越过了我的肩膀。

"咦？伊吕波，这位是……？"

"啊……"

她似乎刚刚注意到躲在我背后的明神。

明神像是要避开学姐的视线似的往旁边挪了挪，轻轻拽了拽我的制服下摆。

"你是谁？"

明神刺耳地嘟囔着，话音里充满敌意。不过她对初次见面的人大抵都是这副态度。

学姐从椅子上站起身来，嘴角挂着柔和的微笑。

"你有女朋友啦？真是个可爱的姑娘。"

"不是女朋友！我发誓绝无此事，请务必知晓。"

"呃……是，是这样吗……"

明神从身后挥舞手刀，啪啪地打着我的腰。搞什么啊，一产生误会我不是就强调清楚了吗？

"这家伙是明神凛音，姑且算是同班同学，也是负责心理咨询的明神老师的妹妹。最近我一直在给咨询工作帮忙。"

"明神老师的妹妹啊，难怪出落得这么漂亮……"

"明神，这位是松田模子学姐，吹奏乐社的高三学生，负责钢琴部分。吹奏乐社的顾问老师经常找我帮忙，因为这个缘分认识了她。学姐待人温和，性格很好。来，你跟她问个好吧。"

"没关系的……那个，初次见面，明神同学。"

松田学姐温和地打着招呼，明神却狐疑地看了她一眼，然后蓦地别过了头。

"喂……对不起，这家伙很怕生。"

"我知道。没关系，我能理解她的感受……不过你其实挺喜欢伊吕波的吧？"

"千万别这样说！被这家伙听到会生气的。"

明神朝我的小腿踹了几脚。瞧吧。

"应该是有点害羞吧。"

松田学姐露出了温婉的笑容。

"那就表现得稍微可爱一点……痛！别真踢啊！"

回头一看，明神正板着一张扑克脸。你这泼妇，也考虑一下平底皮鞋的攻击力吧！

松田学姐带着温和的微笑看着我们的互动，走上前打开了我放在地板上的纸箱盖。

她应该是在检查里边的东西。不管在哪个社团，检查备品原则上都是高三学生的任务，要是发现污损的情况，就要一丝不漏地记录下来，提交给学生会。

我扶正了滑落的眼镜，百无聊赖地环顾着空无一人的音乐教室。

"其他人呢?"

"现在是分声部的排练，比赛快到了，大家都很努力。"

哦，原来如此。毕竟钢琴是独奏的。这么说来，我隐约听到了远处传来的乐器声。

大概是见我们开始闲聊，明神似乎觉得自己不被需要，便开始在音乐教室里闲逛。她随手翻弄乐谱，触摸着钢琴琴键。求你了，千万别做什么奇怪的事啊。

松田学姐稍稍瞥了她一眼。

"真是个有点奇怪的孩子呢。"

"岂止有点，"我抱着胳膊叹息道，"这家伙不会看气氛，任性自私，而且经常浪费食物，如果不是明神老师拜托我，我才懒得照顾她。"

"嗯，像个小孩一样。"

"没错，她就是个小孩。"

我边说边看向正饶有兴致地观察钢琴内部的明神。

"这家伙不听人话，不明事理。但正因为这样，她才能坚持自己的正义，不受周围人的影响。升入高中之后，每个人都会失去一些东西，可她依然拥有……"

"……"

"啊。"

我忽然发觉松田学姐正抬头看着这边，眼中满是惊讶。我不由得面露苦色。糟糕，话太多了……

松田学姐露出了坏心眼的微笑。

"你喜欢她?"

"都说不是了。"

真的绝无可能。

我得赶紧平衡局面，先找点话贬低一下明神吧。

"别看这家伙总是装出一副怪人的样子，其实她也有很平凡的地方。刚才还被体育器材仓库的传闻吓坏了呢。"

"体育器材仓库……? 神隐的事情吗?"

"什么，神隐?"我一边在心里松了一口气，一边留意着第一次听到的词，"我听到的是关于鬼火出没的传闻。"

"啊，那个啊……唔，临近放学的时候，空无一人的体育器材仓库会出现鬼火……来着?"

"就是这方面的。咨询室也收到过几件类似的咨询……可是，'神隐'又是怎么回事?"

"唔……怎么说呢，大概是那个'鬼火'传闻的前身吧……如今应该只有我们高三的学生才知道了。"

"只有高三学生才知道?"

松田学姐点了点头，接着开始了讲述。

"两年前，当我还是高一学生的时候，发生过这样的事件——应该算是事件吧? 有个男生被锁在体育器材仓库里，到了第二天早晨，整个人消失得踪迹全无。"

"这就是神隐吗？会不会是以某种方式逃脱了呢？"

"这是不可能的，门从外边上着锁，窗上装着铁栅栏。而且钥匙整夜都在别人手里。"

"唔……所以才称其为神隐吗？"我总觉得有点像推理剧中常有的密室杀人，"学姐，你知道的还挺多的，本以为你不太会去关注这种流言呢。"

"嗯，怎么说呢……失踪的人是我的同班同学。"

"啊?"

学姐露出一抹淡淡的笑容。

"那个男生——三峰，其实是在班里被女生的小团体霸凌了。自从发生那个事件后，他就没来过学校，不久就转学了。"

"霸凌啊……我们班倒是有过类似的事情。"

我一边望着拿着粉笔在黑板角落涂鸦的明神，一边喃喃自语。虽然那家伙最近不去教室并不是因为霸凌本身，而是因为我。

"这么说来，那人转校消失就成了'神隐'了？"

"流言总有添油加醋的成分，虽说被关进体育器材仓库是事件的关键起因，这一点似乎是毋庸置疑的……"

"映入眼中的幽灵，不过是枯萎的芒穗。真是个让人沮丧的故事。"

"是啊。他很聪明，成绩也是班里最好的。"

"那群霸凌者呢？"

"他转学后，那些人还是照常来学校。只是领头的人好像被男朋友甩了，沮丧了好一阵。"

"居然能把一个人逼到转学都不当一回事，真是一群过分的家伙。"

"嗯，是啊。记得之后她突然把长发给剪了，我还在想她居然下得去手。但自那之后，她好像消停了不少。听说她如今在田径社，训练挺努力的，去年还参加了高中校际比赛。"

看来那人并不是像红峰那样反省，而是认真投入到社团活动中了。

说真的，这是司空见惯的事。唯有遭到霸凌的一方被扰乱了人生，霸凌他人的一方只把这当成一时的游戏。

"真让人没法释怀啊，只希望每个人的人品和能力成正比吧。"

这是我的真心话，这个世界真的很不公平。

待箱子里的东西确认完毕后，为了不妨碍她的赛前练习，我决定早点回去。

我转身叫上明神，准备离开音乐教室。

就在这时，松田学姐叫住了我。

"什么事？"

我回过头，看见她的手里拿着一部手机。

"可以告诉我你的社交应用账号吗？我们还没交换过账号，是吧？"

我微微歪过了头，明神则皱起了眉。

"行是行……但为什么突然要交换这个。"

"你不是在咨询室帮忙吗？我这人比较胆小，不敢没有预约就去……"

"哦，原来是这样。你有什么想跟我商量的吗？"

"应该有……吧？你看，我的性格就是这样。"

松田学姐虚弱地笑了笑，虽然她看起来并不像自称的那么懦弱。

"好吧，我随时欢迎学姐来咨询。"

"谢谢，能把手机借我一下吗？"

我从书包里拿出手机，递给了学姐，学姐一只手拿着她自己的手机，一只手拿着我的手机，小心地操作着。虽然用红外线交换会比较快，但显然她对这些操作并不熟练。

"好了。"

学姐把手机屏幕转向了我，让我确认她的账号已经添加成功。

学姐的账号是"松殿下"？

也许是为了避免重复，后边还附了一串看似生日的数字，显然是名字的谐音。有点像什么地方的吉祥物。当我见到这个意外有趣的账号时，不由得轻轻一笑，学姐赧然地别开了视线。

学姐特地把手机屏幕调暗，规规矩矩地还给了我，然后把脸转向明神。

"要是可以的话，明神同学要不要也——"

"啊，不好意思，这家伙没有手机。"

"哦，这样啊，真少见呢。"

明神一言不发，猛然撇过脸，一个人快步走了出去。这也冷漠怕生过头了吧，真是的。

"对不起，学姐……我们先走了。"

"嗯，回头见。"

我追上了明神，跟她一起沿着走廊走回去。片刻后，远处依稀传来了钢琴的旋律。

当我们沿着楼梯往下走，走到完全听不见钢琴声的地方时，明神突然朝我斜了一眼，低声嘟囔道：

"你喜欢这种类型的吗？"

"啊？你说什么？"

"好吧，没什么。"

明神加快了脚步，率先走下了楼梯。

＊

接下来的几天，我一如既往地待在心理咨询室里，一边看着明神进展缓慢的拼图，一边学习。就在这时，咨询室来了一位访客。

"听说这里接受咨询。"

操着生硬的语气进来的是一位身穿体操服的女生。皮肤被晒得黝黑，留着一头整齐的短发，修长的腿明显久经锻炼。而另一方面，她的手上没有老茧，由此可知是田径社的成员。

金宫沙夜，高三（1）班，隶属于田径社。

这副模样确实很有田径队员和运动少女的味道，不过却看不出体育社团成员那种特有的活力。当我请她坐上沙发时，她一句客气话都没说，就一屁股坐了下去。

然后，她毫无礼数地环顾着房间。

"这里都不提供茶水吗？我可是从训练中溜出来的。"

金宫学姐轻松地交叉着晒痕明显的大腿，毫不在意地拽了拽体操服的领口。

她的口吻像是在说"口渴了，快点拿水来"之类的。这种惯于使唤人的态度和松田学姐的温文尔雅堪称天壤之别。

"咖啡倒是有。"

"那就来这个吧，加点冰。"

这人看起来根本不像怀揣着烦恼登门商量的。

我朝咖啡机走了过去。

就在此刻，我注意到金宫学姐的头顶发根显露出明亮的褐色，

132

与那种染金发的人长成布丁头的情况恰好相反。

看来她的头发本来颜色较浅，在老师或者社团顾问的要求下染成了黑色。真不容易啊。

当我把咖啡倒进马克杯时，躲在隔板另一边的明神皱着眉头向我使了个眼色，显而易见，她是在说"我讨厌这家伙，赶紧把她撵走"。

不好意思，作为肩负留守任务的人，我不能对咨询者无礼。

何况就无礼而言，明神也不遑多让。

金宫学姐迫不及待地喝了一口我端来的冰咖啡，皱着眉头"唔"了一声，我把糖蜜放在她的面前，然后在对面的沙发上坐了下来。

"请问有什么要咨询的吗？如果是不能对我们说的内容，我可以把明神老师叫来。"

"用不着。"

金宫学姐用强硬的语气如此断言，随后拧开了糖蜜的盖子。

"你就够了，非你不可。"

"这样啊，那我就听听看。"

究竟是什么样的事情，不能和专业的明神老师商量，只能跟外行的我说。

金宫学姐一边把糖蜜注入咖啡，一边缓缓搅拌着。视线飘忽，露出了一抹害羞的神色。

"那个……关于那个体育器材仓库的传闻，你知道吗？"

"你说的是鬼火还是神隐？"

"对，就是这个！我要你快点查明那个鬼火的真相！"

又来了……这个所谓的鬼火，真的有那么多目击报告吗？仔细一想，前来咨询的多是运动社团的成员——也就是使用体育器材仓库频率较高的人。话虽如此，田径社的高三学生也该是临近退役的阶段，本不该有工夫去理会这种怪谈。

——田径社，高三？

再加上这般无所顾忌的态度——结合这些印象，一个可能性从我的脑海闪过。

"学姐，不好意思，万一猜错了还请见谅……"

"嗯？"

"两年前，把男生关进体育器材仓库的那起事件跟你有关系吗？"

金宫学姐正端着一杯咖啡，整个人顿时像是冻结了一样僵在原地。

"你……你……你说什么？问这个干什么？谁告诉你的？"

"果然是这样。"

"啊，糟了。"

学姐用手捂着嘴，就这样移开了视线，看来她是那种藏不住事情的人。

学姐用阴森的目光从斜侧瞪着我。

"怎么了？你是想告发我吗？那是很久以前的事了。"

"不，我们有保密义务。在这个房间里听到的事情，我们绝不会传出去的。"

"哦，那就好……"

金宫学姐用手指轻轻捻着短发的发梢，叹了一口气。

"好吧，那我就在这里直说了吧……我真的很害怕。"

"你怕鬼火？"

"是啊，你也知道，那间仓库里有他的那个……怎么说呢，是怨气吧？如果那东西真关在里边，那绝对是冲我来的。大概一周前，那天我训练结束准备回家的时候，看到仓库里发出了微弱的光。从那以后，这件事就一直盘旋在我的脑海里。两次的地点一样，时间也一样。因为我是三年级的，经常在训练结束后去仓库检查器材。每次进去的时候都会想起那个人，哪怕面临高中生涯最后一场大赛，我也没法全身心投入训练……"

果然，当参加了三年社团活动，临近引退之际，无论怎么样的人都会变得敏感起来。从松田学姐的口吻及她走进咨询室的模样来看，金宫学姐是那种天不怕地不怕的人，但此刻的她看起来一副无精打采的样子。

嗯……高一的那件事大概是年轻气盛的结果，在社团里挥汗训练期间，她也逐渐变得成熟了吧。

无论如何，我作为代理的咨询师，都必须站在咨询者这边。

"不用这么在意吧。我听说那个男生只是转学而已吧？又没有死人，怎么会变成鬼火呢？"

"没有死……对，是这样没错……"金宫学姐嘟嘟囔囔地念叨着我的话，"总之请你帮忙调查一下吧，反正一定是哪里搞错了！"

金宫学姐放下了喝了一半的咖啡，就这样站起身来。

我还没来得及说话，金宫学姐就把手放在了门上。

"对了，不许告诉明神老师，胆敢乱说的话，我就弄死你！"

金宫学姐单方面甩下一句令人不安的话，就这样离开了现场。

当我默默地看着被关上的门时，明神蓦地从隔板背后探出头来。

"真是高明的隐藏手段呢。"

面对明神充满讥嘲的话语，我也撇了撇嘴。

*

"已经到这个时间了吗?"

催促离校的广播开始播放，我抬头瞥了一眼咨询室的钟，距离正式的放学时间只剩一刻钟了。不知不觉，操场上田径社的呐喊声也消失无踪，金宫学姐应该差不多回家了吧。

"明神，你不走吗?"

"唔……"

我朝着隔板望去，看到明神正紧缩着眉头瞪着拼图。今天似乎也没多少进展，水平可真不怎么样。

我又朝窗外瞥了一眼，看到田径社的成员们正在收拾器材，几个人把厚重的跳高垫拖进仓库。

我转回视线，望向了攒眉蹙额的明神。

"我先回去了，明天见。"

"我也要回去了。"

明神悻悻地说着，把布盖在未完成的拼图上，就这样站起身来。

明神有时会跟我一起回家，同行至中途再分开各自回家，有时则会被明神老师领回去，也有时独自回家。不管是何种情况，她都要等到校园内几乎空无一人之时才愿意离开咨询室，明神仅凭超尘拔俗的外貌就足以吸引众人的关注，想必她为此烦恼已久。

如今夏日将近，到了离校时间，天仍是亮着的。但到了寒冬白昼短暂的时节，她又该怎么办呢? 难不成要我每天都陪她回家呢? 希望到了那个时候，她能重回教室上课吧。

我们收拾好东西，离开了咨询室，踏上了被夕阳余晖浸染的走廊。周遭望不见半个人影，唯有明神的皮鞋在空无一人的走廊上发出咔咔的响声。

"临近放学的学校有一种独特的气氛，宛如日常和非日常互相融合的世界，又或者是……"

"怎么了？突然吟起诗来了？我瞧你没什么天赋。"

"才不是，我只是觉得照目前的气氛，哪怕冒出一两团鬼火也没什么好奇怪的。"

明神的肩膀微微一颤，然后悄然拉近了和我之间的距离。

"别胡扯了。这只是人类过剩的情绪罢了。"

"那你举到一半的手算怎么回事……喂喂，该不会是想牵手吧？让我拉着你？"

"这不可能！请不要开这种毛骨悚然的玩笑。"

"那就好。"

"喂，等一下，你走得太快了……！"

我一边把明神甩在身后，一边通过换鞋处敞开的门眺望校园。运动社团的人似乎都回去了，四下张望，看不到一个人影。出事的体育器材仓库也在视野之内，但要说有什么异样——

"嗯？"

我忽然停下了脚步。

"哇！"

"啊？"

就在这时，明神猛地撞了过来，差点跌了一跤。

我立即伸出手去，扶住了她的肩膀。

"太危险了，你小学的时候该不会没被教过别在走廊上跑吗？难不成那时候也是家里蹲？"

"是因为你突然停下来了。不挖苦两句就不会讲话了是吧？就不能直率地表达担心吗？"

"不，我拒绝。"

事实上，要是我老老实实地问"你没事吧？没受伤吧？"，大概只会愈加勾起她的反感。这家伙是个不懂担心为何物的人。

只要她还有精力发牢骚就没问题，我把目光从明神身上移开，转到了操场……不，准确地说，并不是操场本身——

"你在看什么？"

"体育器材仓库……果然，他们并没有看错。"

"啊？"

"看那里，你的视力应该还不错吧。"

明神顺着我的目光，望向了校园一隅的体育器材仓库。

就在此刻——

入口大门上的磨砂玻璃小窗上，忽然掠过了一道微弱的光线。

"噫！"

明神发出了一声小小的惊呼，紧紧攥住了我的肩膀。

我一边集中注意力，不让脖子上被头发拂过的瘙痒感和手臂传来的柔软触感扰乱心神，一边凝视着仓库内反复闪现的光。

"这就是传闻中的鬼火吗？"

"鬼，鬼火……！"

"冷静点，到目前为止，它只是在发光而已，并没有做任何事。"

"我，我冷静得很，从来就没有不冷静的时候……！"

虽然这话根本不像是从一个对同学挥拳相向并最终不来上学的人嘴里说出来的……好吧，暂时克制一下，不去挖苦她了。

我按着明神的披肩，支撑着她的后背。

"走吧，现在就是机会，让我们去瞧瞧那玩意儿的庐山真面目。"

"不要！"

"那我一个人去吧。"

"不要！"

"到底要怎样啊……如果怕了，那你就先回去，行不行？"

"我……我一个人的时候，要是鬼火什么的瞬间飘了过来，那该怎么办啊……！"

真是傻透了。

虽然我很想这么说，但对于总是无意识地构筑逻辑推理的明神而言，似这般完全无法解释的现象或许恰能激发她本能的恐惧。

没办法，这也算是工作的一部分吧。

"明神，再这样害怕下去也解决不了问题。我们应该去好好调查一下，只要确信不是鬼火，不就能安心了吗？"

"可，可要是真的该怎么办！"

"到了那个时候，让我来当你的盾牌吧。"

"什么？"

明神眨巴着眼睛，于是我接着说道：

"这下放心了吧，怎么样？"

"啊……唔……"

感觉自己就像是在哄小孩。要是我有一个妹妹，也会是这种感觉吗？

明神的眼神飘忽不定，偶尔朝我的眼睛瞄上一眼……随即，她紧紧攥着我的制服衣领。

"不……不行。"

"啊……为什么？"

"要是你被诅咒了……我会良心不安。"

听着耷拉着脑袋的发言，我先是诧异了一下，旋即露出了苦笑。

"到时候你就免费帮我驱邪吧，毕竟你家里是神社。"

"神社没有那种能力。"

"犯不着全盘否定自己的家业啊……"

无论如何，这下总算成功说服了明神。

体育器材仓库的鬼火啊，今天就是你气运到头的时候了。

*

门并没有锁。

我用手指捏住门把手，稍微使了点劲，门就轻松拉开了一道缝隙。在此过程中，磨砂玻璃的小窗不停地闪着光，倘使这真是鬼火，未免也太不审慎了。

"要开门了哦。"

"好，好的……"

明神躲在我的身后，气息微弱地回应着。看来她只是逞强，一碰到恐怖的东西就犯怂了。

再这么吊胃口也不太好，于是我在胳膊上灌注气力，一口气打开了门。

"……"

望着暴露无遗的仓库内部的景象，我一时间陷入了沉默。

"怎……怎么了，你没问题吧……？"

明神以平日里难以想象的声音弱声弱气地说着，战战兢兢地往仓库里面看去。

映入眼帘的是——

从天花板上垂下一根跳绳，下端悬着一个手电筒。

"咦……？"

"唉……谁这么无聊。"

我和紧贴在我背后的明神一起走进仓库，一把抓住了摇来晃去的手电筒。

"这就是所谓鬼火的真相吗？果然是够没劲的恶作剧呢。"

看到从缠绕的跳绳里拽出的手电筒，明神也一溜烟地离开了我的后背。

"嗯，果然不出所料。"

"明明被吓成这样。"

"我从一开始就知道了哦。嗯，真理不言自明。"

真是个不肯认输的家伙，下回请你看恐怖片吧。

不过，这确实是个精心策划的恶作剧。

社团活动结束后一定会检查器材。刚才我也通过咨询室的窗户亲眼看到田径社的高三学生进了仓库。之后，锁上仓库的门，把钥匙归还学校。但如果真是如此，恶作剧的犯人就必须立即将钥匙偷走，然后快速布置好一切。此刻学校已经几乎没人了，这究竟是为了什么……

就在那个时候——

咔砰！

巨大的响动冲着我的后背袭来。

"哇！""啊？"

非但是明神，就连我也被突如其来的巨响吓得肩膀一颤。

什么情况？我回头一看，发现我刚才打开的门已经关上了。

如果只是这样就好了。

我原本以为只是门的轨道倾斜了，暗自松了一口气。

然而，接下来——

咔嚓一声，传来了上锁的声音。

自不必说，还有某人匆忙离去的脚步声。

——被关在里边了吗？

突如其来的状况让我一时间未能反应。

愣了数秒后，我才猛然回过神来，当即展开了行动。

"喂！"

我一边对着脚步声怒吼，一边扑向了门。

——打不开。

门被彻底锁上了。

"可恶……快开门！喂！"

我在门的另一边大吼大叫，外边自然杳无回音，就连脚步声都听不到了。

这究竟是怎么回事……！究竟是为了什么！谁干的！

"……啊？"

明神再度发出了声音。

"被……被关起来了吗？"

"是吧……真是无聊透顶。是弄假鬼火的犯人吗？简直跟小学生没两样！"

"请不要生气，在当事人不在的时候发火也解决不了问题。为什么不用手机呼救呢？"

"对啊，是这样。如果是明神老师的话，这个点应该还在学校吧。"

我深吸了一口气，先抚平心绪，然后从书包里拿出手机。

虽然不知道对方是谁，但那人真是干了一件蠢事。如果是手机还没普及的年代倒也罢了，但在这个人手一机的时代，哪怕搞这种恶作剧，我们也能立刻呼救，然后事情就能轻松解决——

"咦?"

我按下手机的电源键，然后情不自禁地歪过了头。

"怎么了?"

"不亮。"

无论按多少次，屏幕都没法点亮。

或许是不小心关闭了电源，这次我尝试长按电源键。

然而，屏幕上只是短暂地闪现了电量 0% 的提示，旋即回归了黑暗。

"没电了……"

"啊?"明神诧异地皱起了眉头，"忘了充电了?"

"早上应该是充满的。或许是我从初一就开始用的缘故，电量掉得有点快。"

"咨询室里有插座啊。"

"学校的电怎么能私用呢? 班上的同学都满不在乎地用教室的插座充电，但我不喜欢这样。"

更别提还得把自己的手机丢在有插座的地板上，简直疯了，手机就是个人信息的集合体。

"真是冥顽不灵的死脑筋啊。"

"不好吗?"

"当然不好，就因为这个，害得我们丧失了逃生的手段。"

"……"

我一时语塞。

说起来，要是明神能像普通的女高中生那样带着手机的话——

虽然我很想这么说，但还是把话咽进了肚里。对她这种机械白痴来说，这是不切实际的期待。而且我总觉得她是那种会沉迷手游，然后把存款花得一干二净的类型。

我低头看着手里的手电筒。

难不成这是诱饵，难道我们就像鱼儿一样乖乖咬钩了吗？

"这到底是谁干的——"

我喃喃自语，脑海中浮现出了嫌犯的脸庞。

金宫沙夜学姐。

委托我调查体育器材仓库的正是她本人。莫非她真是犯人？她是打算把我们当作猎物，重演两年前的事件吗——

"犯人是装清纯学姐。"

……嗯？

听到明神突兀地吐露出来的言语，我的脑子里满是问号。

"……嗯？什么？你刚才说的是谁？"

"都说了，就是装清纯学姐。真理不言自明，凶手就是这个人。"

"不是，你到底在说谁？"

"你也太迟钝了——当然就是在音乐教室里遇到的那个戴眼镜的学姐啊。"

我沉默了片刻。

"松田学姐哪里装清纯了啊？"

"……"

明神陷入了沉默。

宣告离校的铃声透过厚重的铁门传了过来。

校内原本就稀薄的人气此刻已所剩无几。不仅是学生，就连老师也回家了。此刻手机无法使用，如此一来，呼救就变得愈加困难。

为什么松田学姐会是犯人？

如果这就是真相，那她为什么要把我们关在这里？

虽然到处都是不解之谜，但不管怎样，当务之急是逃离这里。虽说最坏的情况不过是到了明天被别人发现……可要是这样跟明神两个人待到早晨，未免也太憋闷了。

"……唉，不行吗？"

我一边敲门一边大声呼救，就这样过了片刻，没收到任何回应。再这样下去，宝贵的体力只会白白耗尽。我调整了一下心情，决定在跳高用的厚垫子上坐一会儿。

明神已经在上面坐下了。她把摊开的手帕垫在屁股下面，规规矩矩地并拢膝盖。当然了，在我努力呼救的过程中，她从未离开垫子半步。

"你就不能稍微帮帮忙吗？照这样下去，我们就得在这里过夜了。"

"是啊。非常困扰呢，肚子也饿了。"

"肚子……是这个问题吗？"

"那最大的问题是什么？"

更重要的是身为女性应有的警惕心……

可这种话一旦说出口就是自掘坟墓。我勉强把话咽了回去，此刻必须采取措施，远离她身上不知道是洗发水还是什么的甜香味。

"总之，我们先想办法逃出去……"

"有办法逃走吗？"

"如果那个神隐的传闻是真的——"

我在书包里翻找了一遍，抽出了推理笔记——正是我平时用来记录明神的推理的笔记本。

"如果那个传闻是真的，那么两年前的那个男人应该是凭借自己的力量逃出来的。也就是说，存在某种逃生方法。"

"不好说啊，毕竟当时并没有人目击到他从密室状态的仓库消失的瞬间。"

"即便如此，我们能依靠的也只剩这个了，总比什么都不做要好。"

我把笔记本翻到空白的一页，将其摆在了我和明神中间。

"话虽如此，信息却少得可怜。我们得尝试所有能想到的办法，首先从头脑风暴开始吧。"

"什么？脑袋刮风？"

"头脑风暴，就是一种集思广益的方法，把所有的想法一一罗列出来，无论看起来多么不可能都要写上去。而另一边，不允许以'不可能'为由否定别人的想法，稍后再逐一验证。"

"早这么说不就好了。"

如果能用四个字的简称解释清楚自然更好。

我从铅笔盒里取出自动铅笔，咔嚓咔嚓地按出了笔芯。

"首先——嗯，'向外边的人呼救'。"

"刚才不是已经尝试过了，一点用都没有。"

"不是叫你别忙着否定吗？就算是呼救，也应该有好几种办法吧，比如想办法给手机充电什么的。"

"怎么可能充得上电。"

"不允许否定别人的想法。"

"好吧，这样如何？用小镜子反射太阳光，发送摩斯电码。通信手段不见得非得依靠无线电波吧。"

我从笔记本上抬起头来，看着明神的脸。

"你……可真是擅长说一些不着边际的话。"

"无论多不可能都可以提，这不是你说的吗？"

"你有小镜子吗？班上大多数女生都用手机的前置摄像头代替镜子了。"

明神在包里翻找了一阵，取出了一面镜子。仔细想想，她并没有手机。

我在笔记本上写下了"给手机充电"和"摩斯电码"，不仅限于光线，也可以用声音来替代——不过问题是，不仅是我，恐怕连明神自己，再加上附近的居民，谁都没有凭空解读摩斯电码的能力。

"除了向外界呼救，还有其他办法吗？"

"自行逃脱吗？能不能从内部把锁打开。"

"开锁姑且不论，但破坏或许可以做到。门有一点缝隙，我们可以尝试用锯子之类的东西插进去，切断锁舌。"

"锯子啊……"

明神在仓库里扫视了一圈，语气里渗透着一丝无奈。这我当然知道，体育器材仓库里边怎么可能有锯子。

我在笔记本上写下了"破坏门锁"。

"相比打门的主意，似乎还是窗户那边更有可能。"

明神抬头看向了入口另一侧的窗户。这是一扇勉强能让我的肩膀通过的小窗，应该是为采光和通风而设置的，窗是向上打开的类型，但外边有铁栅栏，看起来没法直接穿过。

"那个铁栅栏看起来是用螺栓之类的东西固定的吧？如果是这样的话，要么拆掉螺栓，要么给予足够的冲击力将其撞下来，应该就能拆掉栅栏。毕竟这东西看起来已经有一些年头了。"

"嗯……你倒是出了个正经主意。"

"太失礼了，我只说正经话。"

"真该把你以前的发言都录下来。"

拆掉铁栅栏吗？事实上，这是最现实的办法。虽然我不认为这里会有拆掉螺栓的工具，但若只是给予冲击的话，总能找到工具。于是我记下了"把窗户上的铁栅栏取下来"。

"从刚才起就是我在出主意吧？这种事情本该是你的职责。"

"我可不记得有这样的职责，你是不是把我当成解决难题的管家了？"

"管家？你也太抬举自己了。你就像个什么都不干的小姑子，只会对别人的事情唠叨个没完。"

"才不是什么小姑子。好吧，等一下，容我想一想。"

门和窗已经考虑过了，还有其他逃脱路径吗？

我一边盯着笔记本上的条目，一边歪着脑袋。

"可能在某个地方……"

"某个地方？"

"有秘密通道之类的。"

"……"

明神的眼睛眯了起来。

她一言不发，连呼吸起伏都看不出来，那是无奈的眼神。

我突然感到一阵羞耻，慌忙别过了头。

"有，有什么不行，这是头脑风暴。提出想法本身就是有意义的!"

"所以我才没否认吧。这不是蛮好的吗？秘密通道，感觉就像忍者小屋一样，挺酷的哦。"

"说话多少也带点感情吧——不，还是算了，带上感情的话反倒更令人火大!"

不管怎样，方案已经够了。

从现在开始，就是选出不可操作的方案予以否定的阶段了。

*

"嘿……!"

咣——金属球棒砸在铁栅栏上，发出刺耳的响声。

对头脑风暴中浮现出来的点子进行了一番评估，我们认为其中最现实的办法仍是打破窗户上的铁栅栏。

给手机充电的办法完全想不出来，至于摩斯电码，我们连"救命"该怎么表示都不知道。再说破坏门锁的方案，要是假定体育器材仓库的神隐事件真实存在的话，那就更没有可能——因为要是破坏了门锁，那里边的人是怎么逃出来的自会一目了然。

这就是我们为什么在热火朝天地破坏窗户的铁栅栏。

经过仔细检查，果然不出明神所料，栅栏是用螺栓固定在窗户周围的墙壁上的。要将其拆除必须要有扳手之类的工具。而且正如明神想象的那样，螺栓看起来很有年头，只要持续施加冲击，就有松动脱落的可能性——本应如此。

"呼……呼……"

我把金属球棒当拐杖撑在地上，肩膀剧烈地起伏着。

平日里疏于锻炼终于显现出恶果。一番全力击打铁栅栏后，体力消耗比预想的大得多。

再加上临近夏天，这里又是通风不良的体育器材仓库，汗水从皮肤上不断涌出。棒球社的人每天都在做这样的事，究竟是一群什么样的人啊。

照这样下去，我会在铁栅栏被破坏之前脱水倒下。要是附近的居民能听到这般可疑的金属声就好了——我一边思索，一边透过铁栅栏望着民宅窗户。据说即便公寓里传出女人的惨叫也未必会有人报警，所以还是别抱太大期待为好……

"明神，换人。"

"这么快就不行了……？明明是个男的。"

"别说这种老掉牙的话。"

当然了，平时闭门不出的明神，体力自然也指望不上。

她从我手里接过金属球棒，摇摇摆摆地举了起来，晃晃悠悠地挥舞着。

"唔……！"

咔嚓……有气无力的声音传了过来，仿佛敲中了空罐子。

当然了，铁栅栏纹丝不动。

然后，咔嚓，咔嚓，咔嚓——球棒的前端三度击中铁栅栏，她当场坐了下来，肩膀上下起伏。

"换人……"

"我是纯粹担心你才想说，你要不还是多锻炼一下。"

这点体力就连上学都是问题。

明神爬回了厚垫子，坐在我的旁边，终于将标志性的披肩从肩膀上取了下来。

"好热……"

太阳早已落山，窗外是漆黑的夜晚。

然而，这在炎热夏季里丝毫没有起到降温作用，在既没有空调，也没有像样窗户的体育器材仓库里，空气仿佛带着黏性，周遭笼罩着闷热。

这……情况当真有一些不妙了。

本以为最坏的状况是熬过一晚的饥饿，但真正的敌人并非饥饿，而是暑热。照这样下去，我们就有可能像被遗忘在车里的婴儿一样，被热气活活蒸死。这可不是开玩笑，真的就是攸关生命的危机。

看起来铁栅栏似乎没法破坏，或许应该想想其他办法……

"明神——"

就在我准备向身旁的明神搭话的时候，瞬间僵住了。

明神正从书包里拿出毛巾，擦拭着脖子上的汗。所以我本应该意识到，在看到那一刻之前就应该有所准备才对。毕竟，现在是夏天，制服是夏装，夏天的衣服布料很薄，可我忽略了这点。所以，我看到了——

浸透汗水的明神的衬衫。

半透明的肤色，以及淡蓝色的内衣。我受到了比想象更大的冲击，就这样僵直了数秒。

我没有看得入迷，绝对没有。

怎么说呢……这种感觉极难付诸言语，只是突然意识到，这个明神，明神凛音原来是个女生啊，更确切地说——

这样啊，原来这家伙也会穿内衣啊……这般连我都不太理解的迷之震惊强烈地冲击着我的大脑。

数秒之间，所有声音都从世界上消失不见，唯有心脏的怦怦声在耳孔深处咆哮着。

不，我不是在兴奋。绝对不是。我这是……对，是在紧张，紧张而已。我必须告诉她，告诉明神才行。可是……等一等，这不是性骚扰吗？不能直接对她说，那又该怎么办？也不能就这样放着不管。要是不管的话，就好像我正在欣赏明神现在的样子似的。

经过一番千绪万端的脑内会议后，我的手比嘴先一步展开了行动。

我抓起明神脱下的披肩，一言不发地替她重新披上了肩膀。

"……？你在干什么啊？"

明神诧异地看向了我，嫌麻烦似的再度脱下了披肩。

我默默地又帮她披了回去。

"搞什么啊？这里很热的！"

"不……啊，是这样没错。这里确实很热。对，热才是问题……"

"你的行为突然变得可疑起来了，真的有点吓人。你为什么要把披风——为什么要把脸移开？"

"我看不到就行了。对，这样就行……"

"什么？什么叫看不到就行？你看到了什么……"

声音逐渐变得喑哑，明神战战兢兢地低头看着自己。

就这样……她终于意识到了。

因为暑热而微红的脸瞬间转为惨白——然后又因为全然不同的理由倏然变得通红。

明神一言不发，红晕爬上了耳根。终于，她用手紧紧攥着披肩，遮住了透出来的内衣。

然后——

"咚！咚！咚！"

她一言不发地拍打着我的后背。

换作平时，我自然要口吐怨言，但这次我甘愿承受着她的"暴力"。

我背对着明神说道：

"你可以脱掉披肩了，我不会看你那边的。"

"真的不会看吗?"

"我发誓。若有违反，以后再也不会靠近你了。"

"这就……"

明神把滚到嘴边的话咽了回去。虽然有一些好奇，但现在并不是追问的时候。

唰，传来了披肩滑落的声音。

然后是屁股在垫子上摩擦的声音。

汗津津的后背轻轻地贴在了我的背上。看来是明神重新调整了位置，背对着我重新坐好——这是一个谨慎且明智的决定。

"在汗水干掉之前，你就这样待着吧。"

"就算你不说，我也会这么做的。你有什么打算?"

"我要检查一下仓库，或许能找到更有效率地砸坏铁栅栏的东西。"

虽然我要尽量避免看向明神，但也不能坐以待毙。

我站在地板上，尽量不被垫子的提手绊到脚，就这样环顾着杂沓的体育器材。

跨栏、投球、拔河绳、旧跳箱——靠墙还放着两个垫子，看起来比现在明神坐着的这个要新一些。

从哪里开始好呢……还是先从最近的地方开始检查吧。这苦差简直像要徒手分开体育器材堆砌成的高山。

该用什么打破铁栅栏呢? 金属球棒虽然随手可得，但威力稍显不足，更重的……投掷用的链球？有这种东西吗？

我先拨开球，又研究起了拔河绳的用法。当我走到墙边的时候，情不自禁地皱起了眉。

"怎么回事……？"

总感觉……是不是有股奇怪的气味？

"喂，明神——呜哇！"

转身的一瞬，某物啪地打在了我的脸上。低头一看，之前检查过的球滚落在地板上。

明神背过身去，紧紧地抱着自己的身子。

"色狼！"

"啊，对不起，我忘了。"

"没骗我吧？"

"真的，我发誓。我不会骗你的，下次再犯你就揍我。"

"既然你这么说了，好吧。"

好险，要是明神在这种状况下对我失去信任，那她该背负多大的压力啊。

我移开了视线。

"喂，你有用过什么东西吗？"

"你指的是什么？"

"香水……止汗喷雾之类的。"

"没用过，问这个干什么？"

"没什么，就是闻到一股奇怪的味道，有点酸酸的。"

尘土的气味中带着一股淡淡的异臭。

如果这不是明神身上的，那是……

我嗅了嗅空气，搜索着气味的来源。

在更靠墙的位置吗？不是在上方，下方……

不久，我终于抵达了源头。

那是一个旧跳箱，顶部的白色套布整面发黑，侧边的段数标记也早已模糊不清。说起来，跳箱本该存放在体育馆的仓库，而不是操场边上的仓库——看起来像是不再使用的东西被转移到这里，就这样被人置于脑后。

隐隐的异臭就是从里边散发出来的。

跳箱内部的空间足够藏下一人。我不由得浮现出一个惊悚的想法。如果真隐藏着某种无法言说的恐怖存在，异味应该远远不止如此。

我下定决心，搬下了跳箱的最上段。

"这是什么……"

我将视线投向内部，微微蹙起了眉。

虽说在夜幕中难以看清，但里边的东西却很眼熟。

会散发异味也是理所当然的，毕竟这东西已然腐烂得不成样子了。

"里边有什么吗？"

听到明神的提问，我招了招手，把她叫了过来。

每当我发现这种充满谜团的东西时，我总是希望明神亲自过来看一眼。

"还没干哦，最好别凑过来。"

"我知道。"

明神急匆匆赶了过来，我把跳箱里的东西展示给她看。

明神"唔"地叫了一声，用手掩住了口鼻。

"便当为什么会放在这种地方？"

没错，跳箱里的正是便利店的便当。也不知是吃了一半还是剩下了，唯有角落里的腌菜原封未动，散发出异味的正是那个已然腐败的东西。

严格来说，不仅仅是午餐的残余，还有未开封的甜面包、两瓶没喝完的五百毫升饮用水以及一把不锈钢勺子和一双粘着饭粒的一次性筷子。

这些东西散落一地，简直像是把跳箱当成了垃圾桶。

"难不成有人在这里吃午饭？"

"所以就把垃圾扔进跳箱？真是个不可理喻的家伙。"

"嗯……即便如此，那人还是把垃圾扔进了这么深的跳箱里。"

明神把手伸进跳箱，拾起便当盖子，满眼好奇地仔细打量着。

"不至于吧，你没见过便利店便当吗？"

"见过，虽然没吃过。"

真是大小姐做派……

我从明神手里接过盒盖，放回了跳箱里。虽然这么做不太卫生。

之后我把跳箱盖了回去。要是继续任由其敞开，仓库就会被恶臭充满，说不定有哪个小孩会误把里面的东西拿起来吃。最要紧的是，如今我们找寻的并不是这种谜团，而是逃出这座仓库的手段。有关这个跳箱里头的东西，还是等逃出去以后再处理吧。

"咳……"

明神突然轻轻咳嗽了一声。

"没事吧？"

"没事……只是被灰尘呛到了。"

翻找体育器材的时候，仓库里已然扬起了不少灰尘，虽说在月亮的照耀之下平添了几分美感，但肯定对身体有害。

"你不是有毛巾吗？用那个捂住嘴巴应该会好一些。要是能通通风就更好了。"

由于窗户太过狭窄，风无法吹入，因此扬起的灰尘只能填满周围的空气。

"嗯？"

窗户和风。

当我把注意力转向这边时，突然有了一种异样的违和感。

空气……对，空气的流动。

仓库里灰尘弥漫，在月光下闪闪发光。而灰尘的运动轨迹，显然没法仅用从窗户吹入的风来解释。

除去窗户之外，还有其他什么地方可以让风吹入吗？

或许真有密道……

"不会吧……"

这无疑是一个笑话。

可是……难不成……！

我仔细观察着灰尘的移动轨迹，确定了风的来源。

在角落，从入口望过去，右边的角落。

正是被堆积的体育器材挡成死角的地方！

"明神，帮帮我！"

"啊？突然搞什么啊？"

我穿过运动器材，在周围检查了一圈。要是有跳箱挡在前面，想要移开或许颇费工夫。但那里仅立着一块看起来几乎没用过的旧起跳板。

明神从后方好奇地张望着。在她的注视之下，我在起跳板前发现了某样东西，于是用手指将其轻轻捏起。

是枯萎的杂草。

整根草大约五厘米长，根部未被扯断，仍紧紧缠络着泥土。

为何这些东西会掉在离入口很远的角落里呢？

答案只有一个。

我将起跳板挪到一边。

然后——我们发现了那个。

"秘密……通道……"

明神呆呆地嘟囔道。

遗憾的是，这根本称不上是通道。

墙上有一个小洞，充其量只够通过人类的手臂。从这里进出是不可能的，哪怕是以柔软为傲的人也是如此。

我把脸凑近地板，看着墙上的那个洞。

洞外杂草丛生，高度超过三十厘米，遮挡了视线。我尽量把脸贴近地板，直到再也动不了为止。即便如此，我也只能勉强看见墙外一栋民宅的二楼。

从外边根本不会注意到这个小洞——大概已经被弃置多年了。

"怎么样？"

"果然还是不行，没法从这里出去。"

本以为已经找到了突破口。从这个洞逃离的可能性，似乎比窗户更为渺茫。

我沮丧地叹了一口气，就这样回到了垫子上。紧接着，跟在身后的明神脚勾到从垫子侧边伸出的提手，就这样绊了一跤。

"哎呀！"

"哇！"

伴随着一声可爱的惨叫，倒下的明神压在了我的身上。

我不得不抱着汗津津的肩膀，用胸口接住了明神，俯视着她头顶的发旋。

"你没事吧？小心点。"

"对不起。"

明神罕见地坦率道了歉，耳朵却仍贴在我的胸口上。

咚、咚、咚。

"喂，差不多该让开了吧。"

"啊……对，对不起。"

再度道歉之后，明神匆匆起身，在距离我两个身位的地方重新坐好。然后，她开始用似乎略显仓促的手势整理着凌乱的头发。

我站起身来，悄悄摸了摸自己的左胸。

怎么说呢，我也分辨不出是不是平时跳动的节奏。

我呼了一口气，强行切换了思绪，拿起并打开了放在垫子上的推理笔记。

上面分条列出了我和明神共同提出的几条逃脱手段。

有关"给手机充电"和"摩斯电码"，目前还没有实现的眉目。"破坏门锁"的方案也是同样，而且这也不像是过去遭遇神隐的学生所使用的办法。眼下虽然证明了"秘密通道"的存在，却无法用于出入。

"到了最后，剩下的手段也只有'把窗户上的铁栅栏取下来'了吧。"

"我在想……"明神一脸平静，身上的衬衫早就干了，"如果是因为会留下明显痕迹而放弃'破坏门锁'的方案的话，拆除铁栅栏也是同样的道理吧？要是强行拆下来，就没办法恢复原状了。"

"……"

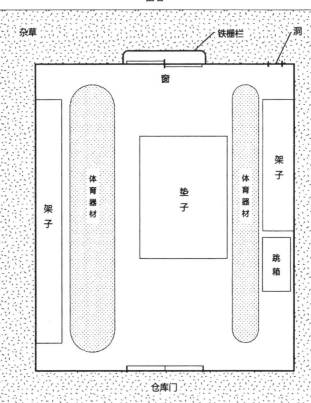

体育器材仓库平面图

我沉默了片刻，努力寻找反驳的话语。

"……确实。"

到了最后，我仍不得不表示承认。

我合上推理笔记，深深叹了口气，仰面躺倒在垫子上。

透过嵌有铁栅栏的窗户，映入眼帘的唯有星光灿烂的夜空。大约是有人在练琴的缘故，从某处的房子里传来了钢琴的旋律。

时间不早了，母亲大概已经到家了吧。明神看起来是家里的掌上明珠，她的父母肯定会担心的，应该会来联系的吧。要是我们能顺利出去，我要和她一起去道歉。得先找明神老师解释一下情况。虽然跟明神老师应该不必多说她也能理解。

"弄到最后，神隐就只是谣言而已。等待救援才是上策吧。"

"你放弃了吗？"

"先休息一下吧，一想到铁栅栏有可能拆不下来，就不想太过勉强。"

尤其是明神，作为战力未免太不可靠。凭她那孱弱的体力，在没有补给的情况下强行进行体力劳动，简直是自讨苦吃。不过说实话，我的情况也好不到哪儿去……

我坐直身子，看来再这样不着边际地思考下去也不会有什么用处。

"先做功课吧。"

"啊？"

我从包里拿出一本教科书，不知为何，明神用难以置信的眼神盯着这一幕。

"在这种情况下学习……？你得了什么新型的精神病吗？"

"因为这就是在浪费时间，无论休息还是等待救援，无所事事地发呆都不适合我。"

"真是像金枪鱼一样，一刻也停不下啊……这就是所谓的工作狂？"

"你也在好好自习吧？毕竟已经两个月没来上课了。"

"我读过教科书了，这就够了。"

"哼，以你的能力，拿来应付考试应该没问题吧。可知识要是理解不了就没意义了。"

"我能理解。"

"真的吗？那这个问题要怎么解？"

我翻开教科书，明神在脸上写着"别小看我"，眼睛看向了书页。

天色很暗，必须凑得很近才能看清，于是我们的肩膀紧紧贴在了一起。可感受到的与其说是温暖，不如说是单纯的热感，大概是天气的关系。可一旦拉开距离，明神就看不清教科书上的内容了，所以我也没法移开肩膀。

明神低头看着教科书，长长的头发自耳边垂落。她有一些不耐烦地把它撩了起来。

"头发。"

"嗯？"

听到我突如其来的低语，明神朝我看了过来。即便在微弱的月光之下，她那清澈如水晶般的大眼睛也分外明晰。

"不热吗？要不要我帮忙扎起来？"

"这么说来，你好像带了发卡。"

"因为你总是不修边幅。"

我把手伸进包里，拿出常备的发卡。见到这番情景，明神以挖苦的口吻说道：

"连我妈都没你准备得周到呢。"

"要不就算了吧。这好像违背了你家的教育方针。"

"不，"明神摸了摸脖子后边的头发，"拜托了，帮我把头发绑起来吧。天气确实很热。"

"好咯。"

我把教科书放在了明神的膝盖上。对啊，还可以这么做。只是为了给她看教科书的话，似乎根本没必要贴在明神身旁。

我绕到了明神的身后，伸出手摩挲其乌黑秀丽的长发，好似在抚摸一件易碎的工艺品一般仔细。带有光泽的角质层给人以丝滑的手感，一看便知她在保养头发上花了不少心思。

乍一看，明神似乎未施粉黛。她的容姿秀丽，似乎已无修饰的必要。无论是男生还是女生，恐怕都会这么认为。我等凡人为提升外貌所做的努力，对她而言是没有必要的。然而，倘若近距离仔细观察，也能窥见她作为女生的一点小心机。

我将她的头发拢成一束，轻轻提起，露出了发际线和后颈。白皙的肌肤沁出汗珠，在月光下闪烁着微光。班上的同学甚至都不知道明神也会流汗吧。

我觉得这样十分可惜。要是大家知道明神其实也有普通人的一面，想必愿意亲近她的人会络绎不绝吧。虽说这对于她而言有一些多余。

"那个，我感觉你在盯着我的后颈。"

明神转过头来，越过肩膀用幽幽的目光望着我。

"没有，我只是觉得你看起来很热。"

"我不信。"

"为什么?"

"因为你有前科。"

"什么前科。"

"色狼的前科。"

"不情愿就算了。"

"没不情愿。"

明神把脸转向前方，好似将头发托付给了我。

"我就忍耐一下吧。"

那一刻，我的内心涌起一股连自己都无法解释的冲动。

肩膀——

娇小的肩膀浮现在幽暗中。

我只想伸出手臂，将其揽入怀中。

……真令人不适。连我自己都觉得这种想法令人不适。别干傻事，明神是信任我的，从彻底的反感一路走到这里，各种艰辛只有我自己知道，难不成想让这一切都付诸东流吗？千万别被吊桥效应所左右。

我用手指梳理着明神的发丝，静待欲望自行平息。不知不觉，连呼吸都变得安静起来。一段时间内，唯有远处传来的钢琴声填满了我们周围的空间。

我单手拿着发卡，将头发扎了起来。头发很长，操作起来似乎并不容易。

"你为什么这么努力？"

明神突然问了一声。

随着书页翻动的声音，明神俯首看着放在膝盖上的教科书。

"如果是你的话，不用每天这么拼命，也能在考试中取得好成绩吧？"

"别太抬举我了。其实我脑子并不好使，必须拼命学习，否则知识就会从脑子里溜走。"

"可你明明能做出那样的推理。"

"那也是在笔记本上耕耘不辍，千辛万苦才找到答案的。你也是知道的吧？"

此刻放在垫子上的推理笔记上密密麻麻地写满了我之前做过的推理。而像明神那样，只靠头脑分毫不差地构建出逻辑复杂的无意识推理，对我而言是做不到的。

"在你看来或许这样做效率很差，但对我来说却是必要的。"

"是为了成为律师吗？"

"嗯。"

"你为什么一心想当律师？"

我小心翼翼地不让头发缠绕在一起。

"你想听吗？"

"想听才问的啊。"

"明明讨厌我，却愿意听我说？"

"打发时间而已。因为这里没有拼图。"

"把你做手工的家伙带到学校不就行了？"

她用肘关节轻轻戳了戳我的肋骨。明明手艺不错，何必这么害羞呢？

的确，搁置在一边不去理会总觉得心中不安……从刚才开始，我就很难集中注意力，头发也没法顺利地穿过橡皮筋。

"预先说明，接下来我要说的事情听了只会让你情绪低落。"

"现在的我们所处的境地早已是深渊了，所以无所谓。"

"这倒也是……那我就告诉你吧。很久以前，上小学的时候，我父亲被杀了。"

"啊?"

可以感受到明神的身体瞬间紧绷起来。

"被,被杀……了?"

"被杀了。没必要美化言辞,就是他杀。然后,作为嫌犯被捕的,是我的母亲。"

"啊?"

她的反应像是在说,如果是开玩笑,那就马上收回吧。是啊,要是我处于相同的立场,恐怕也会作出同样的反应。

但这就是事实。

父亲被杀了。经过警方调查,最终将嫌疑锁定在母亲身上。这是小学的时候发生在我身上的事情。

"事实上,那段时间的记忆相当模糊,但有件事情我记得很清楚。应该怎么说呢……我在某个应用上看到了一条新闻,上面写着爸爸和妈妈的名字,一个是受害者,一个是嫌疑人。"

"应用……是在手机上吗?"

"也许吧。我正巧点开了那篇文章。然后无意识地往下滑动屏幕,滚动到文章的底部。没有手机的你可能不知道吧? 文章的底部是评论区。"

"……"

明神屏住了呼吸。

"那些人随意倾泻着自己的观点,尽是一些不知道样貌和名字的家伙,说着什么'好可怕''不敢相信''小孩子好可怜''搞不好被杀的一方也有虐待行为'什么的,对于彼时年幼的我而言,这些就是世界的声音。明明只是一群闲人写的,过两秒钟就会被抛诸脑后的文字涂鸦。我开始觉得，母亲其实是恶毒的人，父亲其实也是。只有我一个人毫不知情……总之，我很悲伤，很愤怒，情绪乱作一团。接下来的几天，我几乎没有留下什么清晰的记忆。"

如同镇石般盘踞在我内心的这段记忆，如今回想起来，早已失去了色彩，既不悲伤也不愤怒。

可是——

其后的回忆，却散发着七彩的辉光。

名为憧憬的光辉，无论历经多少年月都不会褪色。

"当我回过神来的时候，我已然身在一个陌生的地方。那是一个像办公室一样的场所，眼前是一位陌生的大叔，自称是律师。那人正是母亲的代理律师，把我带进事务所实施了保护。当时我并不知道律师是什么，我很害怕，以为评论那篇文章的人直接出现在了我的眼前。而那个人对我说'我会支持你母亲的'。"

"支持……"

"他友善地向我介绍了何为律师。也是在那个时候，我第一次知道了'无罪推定'这个词。'你母亲还未被确定为凶手''不能认定她就是坏人'……他耐心地教导着一无所知的我。"

他说的每一句话，时至今日都像宝物一样藏在我的心中。

对于被世界的声音伤害过的我而言，那个人的言语是唯一的救赎。在一个似乎一切都化为敌人的世界里，唯有他无条件地站在我这边。

然后——

"接下来是母亲的审判结果。"

"结果如何？"

"无罪，"我不自觉地露出了笑容，"话说回来，你应该知道我母亲好端端待在家里吧，这件事我应该早就跟你说过了。”

“这么一说也是。”

“那个人提供了无罪的证据。杀害我父亲的人，应该是一个偶然闯入的强盗。”

“……是吗？”

明神只说了这些。她的脑海中应该翻涌着各种感想，但她选择把一切都咽入腹中，显然是顾虑到了我的感受。

“不过，发生了这样的事，我深刻地感受到，如果公众的意见代表正义，那么正义的支持者是不会保护弱者的。社会总是对孤独的人——对没有支持者的人露出残酷的一面。而律师的职责就是支持这种人。”

如果我能活成这样，那该有多酷啊。

我对着明神的后脑勺说道：

“所以我才会支持着你，明神。直到你不再需要律师（我）的那一天。”

明神回头看了我一眼，不服地噘起了嘴唇。

“我才没这么弱。”

“是啊，要是能早点回到教室的话。”

头发早就扎好了。

我把手一松，明神转头看向了我，轻轻地抚摸着被我扎成马尾的头发。

“怎么样？”

“什么怎么样？”

“问你这个，我真是脑子有病。”

看到这一幕，明神大大地叹了口气。什么啊，请明确主语，主语。

当我把膝盖上的课本移到一边时，明神像是要转变气氛一样，以轻松的语气说道：

"早知道会这样，我也该买个手机。"

"就算买了，你这个机械白痴也根本用不了。"

"那你也该好好充电啊。"

"我一直在好好充电——啊……"

一片拼图终于嵌了上去。我叹了一口气，只感到全身无力。

"怎么了？"

"电池。"

"什么？"

"你把松田学姐定为犯人的理由正是电池，我总是习惯在睡前充电，应该不至于连放学时间都支撑不到。除非有某种原因，导致电池被过度消耗。"

"啊……"

明神张开了嘴。

对，当时她也在现场，所以才能推理出事情的真相。

"你的手机……对了，在音乐教室……"

"对，当交换社交应用账号的时候，我把手机交给了学姐。当时她随便点开了一些应用，令其在后台运行，这样电量消耗的速度就会加快。好不容易把我们困在里边，如果能用手机呼救就前功尽弃了。松田学姐是唯一有机会实施这个计划的人。"

"这法子岂不是太不靠谱了？万一你充电了该怎么办？"

"只要对我的性格有所了解，就能料到我绝不会在学校充电。她应该有一定把握。而且……以下是我的主观想象，她或许认为失败也没关系，对于把我们关进去这件事，她在内心深处似乎是有所抵触的。"

"真是怎么方便怎么来，这是你的幻想吧。"

明神嗤笑了一声。确实，这作为"推理的推理"确实不太合理。我也不认为这家伙能够体察到松田学姐的细腻心思。

"总之，能够实施这个的只有松田学姐——她果然就是犯人吗？"

"这推理也太简单了。"

"那你怎么连这般简单的推理都解释不清？"

"我可不想听只顾看我的内衣，什么都想不出来的人说这种话。"

"你说谁！"

我确实有一些躁动，思绪有点混乱，但那绝不是因为你的内衣！

我抬头看向了脏兮兮的体育馆天花板。

"哪怕知道了犯人是谁，我们也不知道该怎么出去，更不知道松田学姐究竟打的是什么主意。"

她问我社交应用账号，难不成只是为了消耗电池吗？那个和她的外表反差巨大的搞笑账号令我当时乐了好一阵，如今只觉得空虚无比。要是没记错的话，账号名是"松殿下"，对，不是原本的"田"，而是"殿"。

看起来我得做好在这里待一整晚的打算了。这样的话，就得把这块垫子当床用了吧。跟明神一起？开什么玩笑……两个人并排挤在狭小的垫子上……

"垫子……"

某个模糊的念头在脑海中荡起了涟漪。

什么，究竟是什么？快去思考，回溯思考，快！

在莫名的冲动下，我猛然扑到了推理笔记上，一边回溯自己的思考，一边把浮现的单词快速记录下来：

垫子。床。视野。殿。松殿下。

——咦!

"噢……"

"怎么了?一惊一乍的。"

刚才……明神摔了一跤。

被垫子的提手……绊倒了。

上端突出的……提手。

——然后。

松田。

松殿下。

垫下。

"垫子底下!"

在强烈的冲击下,我想都没想就一把抓住了明神的胳膊。

"咦?……那,那是什么?你怎么了?"

我来不及解释,一把抓住了明神的两只胳膊。

"呜哇!等,等一等,不行,我还——"

我没有理会她的胡言乱语,拖着明神把她拽下了垫子。

接着,我对不知何故涨红了脸的明神说:

"赶快把垫子翻过来。"

"啊,啊……?"

"是松田学姐的留言!垫子底下有东西!你去抓住另一头!"

我握住了从垫子侧边上端伸出的提手。

对,上端。

通常情况下,垫子的提手都在下端。这是为了防止绊脚,就像
刚才的明神一样。可是,这个垫子的提手此刻却在上端。它被翻了

个底朝天，而我们其实一直坐在垫子的背面……这就是松田学姐的提示！

明神一脸诧异，但仍握住了另一边的提手。

"一，二，三！"我们合力抬起了厚厚的垫子，将其翻了过来。紧随其后的是一阵飞舞的尘土。我一边捂着嘴，一边皱着眉头看着初次显露在外的垫子正面。

"嗯……？"

中间的位置呈现出一片黑色。

是焦痕吗？好似木炭擦出的痕迹。

"啊，伊吕波同学！看这个！"

明神罕见地大叫出声。

我将目光从垫子表面转移到放置垫子的仓库地板之上。

在那里的是一块黑色的长方体，外边还拖着一根数据线。

是移动电源。

"果然……"

松田学姐的目的并不只是把我们关进仓库。

倒不如说——在这之后才是正戏。

我拿出没电的手机，接上移动电源的数据线，并按下了开关。

稍等片刻，我打开了手机电源，屏幕上显示出了主页。

这样就可以呼救了。

就在我内心松了一口气的瞬间。

叮。

屏幕上方跳出了社交应用的通知。

发送人——"松殿下"。

"谢天谢地，我就知道你能注意到的。"

松田模子学姐。

今年高三，在吹奏乐社负责演奏钢琴。我们相遇的契机是我从老师那里接手杂务的时候，学姐率先向我这个陌生的低年级学弟伸出了援手。

她绝非那种擅长交际的人。对某些人而言可能比较阴郁，但在我眼里，这正是温柔的另一种表现。正因为对他人的想法感同身受，才不会轻易介入别人的世界。虽说明神总把她往坏处想，但我很尊敬这种三思而行的态度。

因此我可以断言，松田学姐绝不是那种把人锁在仓库里取乐的人。

"喂。"

"晚上好，伊吕波。"

电话接通后，学姐用和平时一样冷静的声音说道。

听她这么一说，我也稍微冷静了一些。尽管如此，我还是按捺不住焦灼的心情，语速飞快地问道：

"学姐，你到底在想什么？把我们关在这种地方，究竟想干什么？"

"嗯，对不起……要是再等一会儿你还是没找到电源，我本打算亲自救你们出去的。但现在的问题似乎不在这里，对不起。"

电话那头，依然是我熟知的松田学姐的语气。

果然，学姐并不是为了取乐把我们关进去的。

"虽说有些冒昧，但你愿意听我说说吗？"

"说什么呢？"

"是咨询。你不是说过，随时可以听我说吗？"

我随时欢迎学姐来咨询。

我确实说过这话。但为什么是在这种状况下？

"如果是这样，直接来咨询室不就行了，为什么要做这种事？"

"那可不行，伊吕波，这件事我只想对你说。把明神同学牵扯进来，其实也是莫大的失策……不，也不能这么说吧。如果只是想解决问题，我只需要像现在一样打个电话就能解决了吧。我为什么要这样做呢？大概是因为我想重新来过，想要一雪前耻，所以需要配合着这个场景，我是这样想的。"

"我不太懂你在说什么？"

"是啊，对不起。要是你不愿意听，可以马上挂断电话，找别人帮忙就好了……啊，不过钥匙在我手里呢。"

就算向其他人——比如向红峰等人求助，想要逃出去也需要一番折腾。既然如此，还不如先听听松田学姐怎么说，让她亲自把钥匙拿来更省事一些。

"对了，还有一件事我也必须道歉，那个……其实我看到了。"

"什么？"

"刚才你和明神同学抱在一起了，你们果然是在交往吗？"

"啊？"

抱在一起……？这是什么时候的事？

"就是刚才你把我从垫子上拖下来的时候吧。"

或许是听到了我们谈话的内容，明神冷眼看向了我。

嗯？

虽然一开始没反应过来，但仔细想想，这话绝不能轻易放过。

"你说你刚才看到了，从哪里看到的？"

"嗯，从窗户看到的。"

窗……？话虽如此，这里只有嵌着铁栅栏的狭小窗户……

转头一看，只见铁栅栏的对面，民宅二楼窗户上挂着的窗帘忽然拉了开来。

从彼处探出头来的正是松田学姐。

"这是我的房间，可以看到仓库里边。"

"难道说，刚才我们听到的钢琴声……"

"嗯，我只是想给你一点提示。"

那扇窗户一直都在我的视线里，但我完全没想到这竟是松田学姐的房间。站在那个方位，应该可以随时望见体育器材仓库的内部。

不，等一等，也就是说……

"学姐，你跟我提到过神隐的事吧？"

"嗯。"

"难不成，那个……"

"嗯，"松田学姐以自嘲的口吻说道，"其实，我看到了。那天，我就从这个房间里，看到了被困在仓库里的他身上发生的事。"

*

"那是两年前的这个时候，当时也是临近大赛之际，我虽然只是高一学生，却要参加比赛，真的非常紧张，所以直到放学前都留在音乐教室练习。当催促离校的广播响起时，我才决定回家。通过仓库的窗户，我看到田径社的学姐正在里面检查器材。得练到这么晚啊，当时我的心里还这样想着……

"哦，抱歉扯远了。后来我想回家，却发现自己把运动服忘在了教室里。那天下午有体育课，我差点忘了运动服必须带回家。我赶忙去了教室，然后在那里看到了那些人。

"没错，是金宫同学的朋友……一起实施霸凌的人。

"我以为她们在等金宫同学。当然了，我对她们印象不好，所以就没上前搭话，而是迅速拿起了我的运动服，然后就回家了。现在回想起来，要是那个时候我问一声她们在做什么的话，事情或许会不一样吧。但那个时候，我选择了离开。

"然后，到了晚上，我在自己的房间——从这个房间通过窗户往外看去，看到了仓库里有什么东西在闪闪发光。有时出现有时消失，在我眼里就像鬼火一样，把我吓得不轻。我不敢相信自己的眼睛，可心里明白这并不是错觉。于是我小心翼翼地用手机摄像头的变焦功能窥探着仓库里边。

"结果，我看见了他。

"是三峰，同班的男生。其实我和三峰关系不错。虽然在教室里几乎不说话，但在午休的时候，在图书馆或是在人少的地方，他会帮我辅导功课，还跟我聊一些东拉西扯的话。嗯，比方说喜欢的书，居住的地方……三峰说'我上学要坐半小时的电车呢'，我说'是吗，真辛苦啊'，就是这般毫无意义的话。他没参加社团，而我是吹奏乐社的，所以关系仅限于午休时间。但我们之间确实存在着联系。

"所以我很好奇，想问他在做什么。这次我下定了决心——因为已是晚上，没法大声说话，于是我就拿来手电，一闪一闪地发出了信号。三峰立即发现了，露出了惊讶的神情。然后我用记号笔在笔记本上写下几个大字'你在做什么'，并展示给他看。

"他也很快打开了笔记本，贴在窗户的铁栅栏上。我用手机的夜视模式读了一下，上边写的是'被关进去了'，于是我向他打听了情况，犯人是经常霸凌他的金宫一伙。钥匙在金宫同学手里，手机也被拿走，没法呼救。不过他并不打算把事情闹大。

"应该马上通知父母或校方吧？可他并没有这样的打算。我觉得我能够理解他。受到霸凌是一件极其悲惨的事，可以的话他并不想让别人知道。特别是求助于大人，实在太丢脸了。

"嗯？当时哪管得了这个，对，没错……可那个时候的我，总觉得应该听从三峰的话。

"为了救出三峰，我必须想办法。我这样想着，脑子拼命运转。我想了很多办法，也指示三峰，让他在仓库里搜索。我知道这听起来很自以为是。指使三峰在黑暗里来回走动，而我只是在明亮的房间里眺望着这一切。

"可是，时间一分一秒地过去，根本找不出什么好办法，渐渐地，三峰不再回消息，我觉得很奇怪，便仔细观察仓库里边，结果就看到了他的脚，那是一双筋疲力尽，动弹不得的脚。

"就像今天一样，那天晚上也很闷热。我立即意识到他可能是中暑了，我想我或许应该叫救护车，但或许他只是睡着了。要是我叫了救护车，绝对会把事情闹大。

"当时的情况不该犹豫吧，我本该这么想的……现在回想起来，我一定是什么都不愿意做。我从来都没做过自己叫救护车这种事情，联系学校也是一样，我不愿去做那些我从没做过的事，只想着把与自己有关的事情处理妥当。正因为内心怀揣着这样的念头，所以我才会犹豫，最终选择了什么都不去做。

"结果我就这样整晚盯着他。至于他是不是一直保持着意识……当时的记忆真的已经模糊不清了。等我回过神来的时候已是破晓时分。见天色微明，我终于回过神来，我应该亲自把他救出来才对。

"我匆忙换好衣服前往学校，校门已经开了，这个时候，我只觉得昨晚的事情就像一场梦。为了确认他的情况，我直奔仓库而去。然后……

"嗯，没错，他不见了。

"体育器材仓库里空荡荡的，门和锁都是打开的状态，里边一个人都没有。在连下脚的地方都找不到的仓库里，只有一张大号的垫子——我不禁愕然，心里开始怀疑，昨晚的一切难道只是一场梦吗？但事情还是很奇怪，明明晨练还没有开始，仓库的门竟然被打开了。

"又过了一会儿，老师来了。

"那是伊吕波和明神同学都认识的人，所以我才做了这样的事。或许你们应该能够理解我为什么不能去咨询室了吧。

"明神老师来了。

"明神老师对我说——

"'忘掉昨晚看到的事吧。'"

*

听到这个意想不到的名字，我和明神一时间默然不语。

明神老师？

心理咨询室的正主——明神芙蓉——竟然对学姐下了封口令？

"这究竟是怎么回事？明神老师和神隐事件有关吗？"

"我也不知道具体情况，当时我马上就被赶出了现场。不过……我猜想是某个比我先到仓库的人向明神老师报告的吧。于是他们前来处理了晕倒的三峰……"

"是吗？运送病人需要车……"

成年人的力量果然是不可或缺的。要是救护车真来过的话，家住附近的松田学姐肯定会注意到。

"可是……为什么要封口呢？"

"为了隐瞒吧。"

听到这暗沉的仿佛被黑暗吞噬的声音，我不禁屏住了呼吸。

"当着明神同学的面，我本不想多说。霸凌这种事，校方是不愿承认的吧。学生因为霸凌而被锁仓库最终倒下，这样的丑闻绝不能公之于众，所以明神老师才会选择封口。"

"老师？明明她是学校的心理辅导老师，专职解决学生烦恼的人……"

"她会的。"

明神以确凿的口吻断言道。

"只要姐姐判断为有必要的话，就会这样做的。这没什么可意外的。"

"是这样吗？"

"要不要让我来详细说明一下姐姐是怎样在教职员中确保发言权的呢……伊吕波同学，难得有机会，我就告诉你吧。我姐姐跟你不一样，她并不拘泥于揭露真相，对她而言，'解决问题'——更进一步说，是'救人'才是第一位的。"

"救人……吗？"

我感到了强烈的违和感，脊背不由自主传来一阵寒意。

当然了，这样做或许并没有错。学校的声誉一旦受损，在校生也会受到影响。把这件事隐瞒下来，或许确实能够保护数百名在校生的利益。

但为此就可以牺牲三峰学长吗？被关在这种地方，差点就没命了吧。就让他这样含泪认命吗？即便最终被迫转学，这也能算是

"救人"吗？

我轻轻摇了摇头，明神老师是否参与隐瞒霸凌尚且无法确定。目前这仍是推测，现在还有很多需要思考的事情。

"松田学姐，然后呢？你被明神老师轰走了以后……"

"我去了自己的教室，一直发呆，好似丢了魂一样。唯有时间在悄然流逝。又过了一段时间，班上的同学陆续来到教室，金宫也来了，还有那群人也是。但唯独三峰没有来。而后，一股说不清道不明的愤怒之情骤然涌了上来。我该怎么办才好？为什么三峰会被关在那种地方？为什么做出这种事的人全都好端端地在教室里，而三峰却不在了呢？这种念头在我的脑海里盘桓着。"

"你喜欢他？"

不知什么时候，明神把脸凑近了手机。

"你喜欢那个人吗？"

"大概是吧，"学姐自嘲地笑了笑，"直到那时，我才终于意识到。但我已经再也见不到他了。"

从那天起，三峰学长就转校了吧。

察觉到的时候为时已晚，或许只有松田学姐才能救出三峰学长——意识到这一点时，她已然无能为力了。

"我知道一切都来不及了，却还是不愿什么都不做。我开始偷偷调查那天晚上发生的事。藏移动电源的垫子上有一块污痕，你注意到了吗？"

"嗯，是木炭擦过的痕迹。"

"没错，那是后来我自行调查仓库时想起来的。那天早上，当我发现仓库里空无一人时，垫子上就有了那样的黑斑——我立刻就意识到了，有传闻说金宫同学她们在学校抽烟。"

这样啊，那这块黑斑……

"是烟灰……是擦拭垫子时留下的痕迹吧，她们大概试图将其抹去。"

"一定是这样。现在的痕迹是我用父亲的烟重现出来的效果。我推测，金宫她们在仓库里偷偷抽烟，结果不小心把烟灰掉在了垫子上，然后就指使三峰前去清理。记得当时在仓库里发现他的时候，他正趴在垫子上做着什么。"

这下都说得通了。把人关进仓库并非单纯行使暴力，而是试图让听使唤的仆从替她们收拾烂摊子，这才是真相。

"知道了原委后，我的思绪愈加无法停止，到底怎样才能救他……？当晚我到底该怎么做？这两年来，这个疑问在我的脑海中挥之不去，始终纠缠不清。"

松田学姐的声音听起来仿佛深陷一场无尽的噩梦，无边无际，永远无法苏醒……

"我知道这是十分任性的请求，但我没有其他可以依靠的人，所以——"

松田学姐终于说出了她想咨询的内容。

"伊吕波，请你告诉我从这间仓库逃脱的办法。"

＊

听完学姐的讲述后，我暂时挂断了电话，随即突然意识到了一件事。

这么说来，这次没听见明神的犯人宣言。

换作平时的话，这家伙往往听了一半就会插嘴。

我转头看向明神，她似乎有一些焦躁，微微歪着头。

"怎么了，明神？"

"没什么。怎么说呢，这次的犯人应该很明显，对吧？"

"没错，把三峰学长关起来的就是金宫学姐的小团体，确实是真理不言自明……啊，正是因为这个，你才不愿意说犯人是谁吗？"

"不，就算犯人非常明显，这个人的名字也该会浮现在脑海里……可不知道为什么，这次我的脑子一片空白。"

"想不出来？"

"是的。第一次出现这种情况。"

对我而言，自动浮现出犯人名字的现象更令人不安，但对于出生起就视作理所当然的明神而言，没有出现这种现象反倒更奇怪。

为什么会这样呢？或许在明神眼里，该事件并不足以认定为"谜团"，或者是线索尚显不足。

"不管怎样，问题是逃出这间仓库的方法，即便不能现场演示，只要能把方法解释清楚，她就会为我们开锁。"

"真的有必要听那个学姐的话吗？她不是说过想放弃的话也没事吗？"

"咦？怎么不叫'装清纯学姐'了，怎么回事？"

"这种事情根本无所谓吧，先不说这个了，我们意思一下就赶紧认输，请她来开锁吧。"

"那个向来文静的松田学姐竟然做出这么大的事情，为了报答她的决心，我要尽我所能。"

"真是有病。"

"只要病不死就好，你可以先回去，家里人应该也很担心吧。"

"我不回去。"

明神冷冷地说道。

"既然已经上了贼船，还是靠自己的努力逃出去比较有成就感吧，和玩拼图一样。"

"我可从没见过你纯靠自己完成拼图呢。"

"废话真多。"

好吧……既然决定了，先把周围收拾干净吧。

"先把垫子翻回去吧，你拿另一头。"

"不要，太脏了！"

"你不是在上面坐了很久了吗？"

听我这么一说，明神露出嫌弃的表情，蓦然别过脸去，似乎是直到翻垫子的时候才意识到它有多脏吧。无奈之下，我只得自行翻过了垫子。

我坐上了垫子，打开推理笔记。

"我们先来整理下条件吧。就算有逃脱的方法，要是当时的松田学姐执行不了，那也没有意义。"

"本来就没什么思路了，还非要戴上镣铐。"

明神站在一边看着笔记，话语中满是腻烦。

我用自动铅笔在纸上书写。

"其一，'钥匙在金宫学姐手上'，当然不能指望身为犯人的金宫，所以钥匙实际上是不能用的。"

"也就是说，如果想要从门出去，就只能破坏门锁了。"

"就是这样。其二，'不想把事闹大'，也就是说，没法向警察或者校方求助，只限于松田学姐和三峰学长能够自行完成的手段。"

"要是可以做到，就不会这么麻烦了。"

"你能理解这种心情吗？社恐。"

"我才不社恐，只是讨厌外人而已。"

真是别扭的家伙。

“其三，‘三峰学长没有手机’——大致就是这样了。”

“真的有逃脱的可能吗？”

“唔……”

我盯着笔记本歪过了头。松田学姐绝非头脑迟钝的人，连她苦思一夜都没想到办法，如今的我们也不可能马上给出答案。更何况我们也曾一度放弃。

“必须要有一些新的线索吧，而且还得是当时的松田学姐没能注意到的信息。”

我再度环顾体育器材仓库。

松田学姐透过装有铁栅栏的窗户窥探着仓库内部。当然了，这扇仅能容纳肩膀的窗户，理应无法看到仓库的全景。

被窗户切割成四方形的月光照亮了翻回去的垫子。如果将月光的范围视作松田学姐的视野，那她是完全看不见墙边的情形的。

“或许应该重点调查一下松田学姐看不见的地方。”

“又要调查吗……在这个乱糟糟的仓库。”

“你之前什么都没做吧？”

尽管如此，这个仓库确实杂乱不堪，不适合做地毯式的搜查，我想要框定一个大致的范围。

我站起身来，拿起假扮鬼火的手电筒，照亮了堆积如山的体育器材。

“两年前的事啊……要是真留下了什么痕迹，希望能保存到现在。”

“划线器和栏架这些器材在社团活动中用得很多，所以应该留不下什么线索。”

“应该是吧，器材检查可是每天都在做。同样的道理，那根拔河绳在去年的运动会上应该也用过。除非是相当不起眼的痕迹，否则没理由放着不管。"

"那就从看起来整整两年都没被人碰过的东西开始调查吧。"

"嗯。你倒是变得会先考虑清楚再开口了。"

"谢谢。"

"下回给你买点心奖励一下吧。"

"你把我当几岁小孩了啊!"

明神一边反驳，一边又嘀咕着"想吃哈根达斯"。要求还挺高的。

那么……要找的是两年以来没人碰过的东西，范围一下子缩小了很多。

这里是操场边上的仓库，操场上用不着的东西，一定是在无人问津的期间被推到最里边了吧。

"果然……是那个吗?"

我的目光落在了旧跳箱上。

跳箱里还残留着某人丢弃的食物残渣。之前忘了确认，不知道松田学姐是否知道这个东西的存在。

这无疑是异样的痕迹，总之还是重新调查一下为好。

我搬下跳箱的顶层，用手电筒照亮里边。先前没有灯光，这次可以更清晰地观察清楚。

"现在再看这堆垃圾，还能发现点什么吗?"

"唔……当你感觉可疑的时候重新调查一下，应该就能发现一些线索。"

"比方说?"

"里边有两个餐具，一次性筷子和勺子。"

"这又怎么了？"

"如果只是便利店便当，筷子就够用了。事实上，勺子上也没沾一点米粒，非常干净。"

而且为什么会有两个塑料瓶？难不成是两个人一起喝的？不对，其中一瓶基本没怎么动过。难道是一个人喝两瓶？在这种地方？

两瓶五百毫升的水可不算少。就算再怎么渴，也不是午饭时顺便喝一点的量，非要想的话——

"这是原本打算在这里久留的准备。"

我自说自话地嘟哝着，仿佛这就是指示真相的道路。

"难不成……"

一瞬间，寒意席卷全身。

此时此刻，某个念头浮现在我的心中。假使这个想法准确无误——

"伊吕波同学？"

我无视了明神的声音，把手伸进了跳箱内部。

我依次拿起便当和甜面包，用手电筒的光打在上面。

对啊，我早就看到了。

明神不是也看到了吗？

她稀奇地看着便利店便当的盖子——不，应该是盖子上贴着的标签。

标签上除了品名和价格之外，还印有保存期限。便当也好，甜面包也好，保质期都不算长。通过这个可以很简单地逆推出这些东西的购买日期。

"两年前的，七月。"

正是"两年前的这个时候"。

我飞快地回到垫子那边，推理笔记就在上面。我打开笔记本，重读了听松田学姐讲述时做的笔记。

"对了……!"

此处存在矛盾。

通过这个假设，所有矛盾都得到了解释。

如果是这样的话，明神想不到犯人的理由也就清楚了!

"你弄明白了吗?"

明神在身后呼唤着我，我转过身对她说道:

"明神，你其实早就知道了。"

"啊?"

"你确实已经推理出了犯人。"

可是，说出真相真的好吗?

松田学姐——让她知道这个真相真的好吗?

*

"学姐，你做好心理准备了吗?"

当松田学姐再度接起电话时，我感觉她屏住了呼吸。

"我大体上明白了，两年前三峰学长是用什么方法逃脱的。但我很犹豫该不该把这个告诉你，甚至连犹豫的原因都不太想透露。"

"伊吕波，你真是太温柔了，"松田学姐的话里带着淡淡的笑意，"也就是说——我误会了什么，对吧?"

"是的。"

"要是不把这点解释清楚，就没法演示逃脱方法吗?"

"没错。"

没有掩饰过去的可能。

三峰学长之所以无法逃脱，与松田学姐不知道真相有莫大的关系。哪怕我刻意模糊这一点，恐怕也不会得出松田学姐期待的答案。

　　"好吧，"过了片刻，松田学姐这样回应道，"把一切都告诉我吧。那天，三峰的身上究竟发生了什么?"

　　"好的。我会按照我思考的顺序告诉你的。"

　　我稍稍调整了呼吸。

　　对着手机另一头的学姐，以及在身旁侧耳倾听的明神，我开始重构两年前在此发生的事情。

　　"学姐的叙述中，存在着明显的矛盾之处。"

　　"矛盾?"

　　"是光。"

　　啪，我打开了假扮鬼火的手电筒的开关。

　　"两年前，当你发现三峰学长困在仓库的时候，你说你看到了'鬼火一样的光'。"

　　"啊? 是的。"

　　"你觉得那是什么样的光?"

　　"我想应该是手电筒之类的。如果要清理烟灰，在漆黑的地方也很不方便。"

　　"也是呢。我就知道你会这么想，可这样一来就奇怪了。"

　　"哪里奇怪?"

　　"学姐也说过吧，当你和三峰学长用笔记本交流的时候，必须使用手机摄像头的夜视功能——因为仓库里边一片漆黑。"

　　"对，因为仓库里面很暗……咦?"

　　"当时三峰学长为什么不用手电筒呢?"

　　松田学姐顿时陷入了沉默，连呼吸声都听不见了。

一旁的明神接过了话茬。

"是不是想节省电池呢？"

"松田学姐曾经这样说过'三峰在黑暗里来回走动'，既然在黑暗中如此辛苦，根本不会考虑节省电池。最不自然的是，在松田学姐的叙述中，'鬼火一样的光'彻底消失不见了。按我的看法，或许自从和松田学姐开始笔谈后，三峰学长就再也没让那样的光重新亮起。是不是这样呢，学姐？"

"是……是吧。咦？为什么呢……"

"我认为答案只有一个，三峰学长不想让你知道那个光的真相。"

"光的……真相？"

"那是三峰学长明确宣称'没有'的东西发出的光。他想要隐瞒那个东西的存在。"

"——啊！"

在松田学姐说话之前，明神就把手一拍。

"是手机……！"

"没错。这也符合'有时出现有时消失'的说法。三峰学长说他的手机被拿走了，但事实上他是带着手机的，而且还是有电的手机。有了这个条件，事情就发生了很大的变化。"

"当时他处于随时可以呼救的状态。尽管如此，他并没有刻意呼救。"

"那，那是因为！"松田学姐用一种想要守护某物的焦急口吻说道，"因为不想把事情闹大……！三峰不想被任何人知道他被关在里边了！他不想让我知道那种悲惨的心情，所以一定也会对我隐瞒手机的事情。"

“是啊，我也这么认为，可是，学姐，问题并不在这里。”

“啊……?”

“正如学姐所做的那样，如果想把某人关在什么地方，通常都要拿走手机，或者让手机无法使用。可是三峰学长并没有遭遇那种事。在这一点上，我们必须考虑某种可能性。”

“可能性?”

“三峰学长是出于自己的意志待在仓库里的，就是这样的可能性。”

并非被人关入其中，而是出于自身意愿置身于此。

“怎么会……咦? 可是，这样的话……”松田学姐的声音显露出混乱的色彩，“你是说三峰对我撒了谎……?”

“很遗憾，事情就是这样。”

“为什么……他为什么要这样做……!”

“三峰学长的准备工作相当仔细。在检查仓库的时候，我们在旧跳箱里发现了吃了一半的便当和甜面包。从保存期限来看，应该是三峰学长在两年前带进来的。会做这样的准备，表明他早就意识到这会是一场持久战，需要相当的觉悟和体力……如果这些真如松田学姐推测的那样，仅仅是为了清理垫子上的痕迹而准备的，由此便可窥见他怀抱着相当强大的意志。”

“什么? 强大的意志是……?”

“松田学姐，你曾经提到过吧。”

“啊?”

“说是霸凌团伙的头目——也就是金宫学姐，她在仓库事件后被男朋友甩了，沮丧了好一阵。”

“……”

电话另一头陷入了一片空白。

那是一段只能如此形容的沉默。

一旁的明神瞪大了眼睛，连我也觉得难以置信。

但是，这样一来就解释得通了。

三峰学长半夜躲在仓库的理由。

金宫学姐前来咨询室的理由。

一切都说得通了。

如果听说前男友的怨念化为了鬼火，她肯定会寝食难安吧。

"……骗人！"

"我没有骗人。"

"就是骗人！"

"那么，仓库的门锁是谁打开的呢？松田学姐……！你的家就在学校附近，天刚亮就赶到了学校，可仓库却已经打开了，持有钥匙的人比任何人都要早到，这不就意味着她在天亮之前就去找三峰学长了吗？"

"……"

若那个人仅仅是霸凌者，为何会做出如此奋不顾身的事呢？

所以这就是真相，并不是什么臆测，而是合情合理的推论。

"学姐，请先平复一下心情。接下来我会解释逃脱的手段。"

"逃脱的手段还有必要解释吗……？如果有拿着钥匙的金宫学姐的协助，那就……"

"三峰学长选择在所有人离校的时候进行操作，显然是因为这样能避人耳目。值班老师和勤务员也不会特地去体育器材仓库巡视吧。只要用钥匙把门锁上，就能够避免麻烦的事态。可在这种状况下，把持有钥匙的金宫学姐叫回仓库是有风险的，因为必须翻过紧闭的校门，搞不好会被保安逮个正着。最安全的做法就是在仓库里过夜，并在清晨得到金宫学姐的帮助。尽管如此，紧急状况仍有可能发生。实际上，三峰学长很可能中暑晕倒了，为了应对这些状况，三峰学长应该是准备了紧急逃生的方法。"

"但那没有派上用场吧？为什么……？"

"关于这个……只要看过接下来的演示内容就知道了。"

当时布置的机关能否保留至今，这是一场很大的赌博。

而且，关于三峰学长是否按照我的推理布置了那样的机关，实际上目前还没有找到任何证据。要是错了我就认栽，既然如此——

我把手机切换到视频通话，屏幕上显示出了旧跳箱的内部。

"学姐，你看到了吗？这就是我们刚刚发现的东西。"

"唔……便当盒、甜面包、塑料瓶……还有餐具？"

"是筷子和勺子，筷子上沾有米粒。"

"啊，这样啊……伊吕波，我明白你的意思了。三峰之所以不能喝水，是因为我在看着他，对吧？"

"是啊，应该就是这样。不过我现在想让你看的是餐具。"

"餐具？"

"是的。你觉得这个勺子是用来做什么的呢？"

"这个……"

松田学姐困惑不已，一时间说不出话，明神愤愤不平地接过了话头：

"当然是用来吃便当的，你在说什么啊？"

"你不是说你见过吗，明神。"

"啊？"

"便利店便当。便利店便当通常没有汤，所以用不上勺子。*根*

本轮不到勺子出场。"

"嗯？可是……啊，对了，勺子应该是用来吃米饭的吧？你看，要是米饭比较散，用筷子吃起来就很不方便了。"

"这得等到打开便当盒的盖子，把筷子插进饭里才知道吧？从筷子上沾着的饭粒来看，三峰学长至少尝试过一次用筷子吃饭。也就是说，在打开便当盒之前，他就打算用筷子吃饭，没有事先准备勺子的道理。就算他意识到勺子比较方便，那个时候仓库应该已经变成密室了，根本没法去取。"

"唔，确实是这样。"

"伊吕波，你到底想表达什么？"

"我的意思是，这把勺子并不是为了吃饭准备的。"

我伸手拿起了那把不锈钢勺子，尺寸略大，就像用来吃咖喱的那种。不过刚好可以塞进制服口袋里。

"让我们整理一下两年前发生的事情吧。首先，金宫学姐的小团体恐怕是午休时间在这间仓库抽烟，不慎把烟灰抖落在了垫子上，虽然用手掸过，却仍留下了痕迹，她们为此感到焦虑，想趁没人的时候清理干净，于是就有了这个主意。为此需要一个方便使唤的人。"

面对陷入沉默的松田学姐，我压抑着感情接着说道。

"可是，金宫学姐有一桩连自己的小团体都不肯告知的秘密，那就是她和三峰学长交往的事实。毕竟没人会霸凌自家头目的男朋友，所以那伙人应该是不知道的——金宫学姐恳求三峰学长帮忙清理烟灰，但碍于小团体的面子，表面上要弄成了取乐才把三峰学长关在这里一整晚的样子。"

"唔。"

"三峰学长得知此事后，便等到放学，趁金宫学姐参加社团活动期间准备了便利店便当、甜面包和水足以撑过一整晚的物资。做足了各种准备后，在放学时间被金宫的小团体关进仓库。这个时候，金宫一伙应该已经拿走了三峰学长的手机。不过要是手机由头目金宫亲自保管，之后只需通过窗户的铁栅栏，或是直接打开门锁，就可以将其递给仓库内的三峰学长了。食物也是同理，勺子也是。"

"所以这把勺子就是钥匙……用在三峰原本打算实施的逃脱方法上吗？"

"是的。"

然后，我拿着勺子，前往了那个地方——

仓库角落墙上的那个小洞。

"你知道这个洞吗？"

"不知道。从这里望过去，刚好被草和影子挡住了。"

"那么，这样呢？"

我把勺子伸到了洞外。

"你能看到草丛里有东西在动，是不是？"

"是吧……"

松田学姐的声音微微颤抖，似乎随时都会消失不见。

明神同样脸色苍白，默然不语。

对于我接下来要说的话，两人似乎都有所觉察。

"这个洞仅能容许手臂通过，不是很大，无法供人类出入。而且仓库后边杂草很长，有三十厘米以上，从外边很难发现，但是——"

我把视频通话的摄像头从墙壁的洞口移到了前方的地面上。

准确地说，那里躺着一根长约五厘米，根部缠络着泥土的干枯杂草。

"学姐，看到了吗？这棵干枯的杂草，就隐藏在墙洞边的起跳板附近。"

"嗯……是从墙洞里拿进来的吧。"

"是的，但你觉得它是怎么进来的呢？"

"嗯？"

我拾起枯草，靠近了摄像头。

"这根草的根部并没有断裂，依旧牢牢地缠着土壤。如果是自然脱落或者连根拔起，根部不会是这样的状况——因此这根草很有可能是被挖出来的。"

"……"

"刚才我说过，三峰学长在被关进仓库以前'做足了各种准备'，是吧——他所做的准备就是这个，既然是在仓库背面，自然也不会被参加社团活动的学生们怀疑……"

我再度把手伸进墙洞，把紧握在手里的勺子插入杂草丛生的地面。

除了把食物舀起来吃掉，勺子还有另一种用途。

换言之，正是用来替代铲子。

我也不清楚他为何没准备铲子，或许他觉得只要能挖掘土地就可以了。如果选择勺子，就不必特地购买，从家政教室里借一把就够了，也不用特地让金宫学姐带进来，揣在口袋里就能带进仓库。不管怎样，事实就是放在这里的是一把勺子。

就像要掘出杂草的根一般，我沙沙地挖着地面。

三峰学长被困的时候，这一带必然也和现在一样杂草丛生。然而与我不同的是，我是通过靠近地面的墙洞进行操作，三峰学长则是在仓库外，自上而下俯瞰着地面。当时，长长的杂草可能严重遮挡了视线，极大地妨碍了操作。

因此，为了方便挖掘，三峰学长可能拔掉了部分杂草，或是干脆将其扯断。结果完全可以预见，原本三十厘米长的杂草在这之后长到五厘米左右。

操作过程持续了十几秒。

插进了地面的勺子尖端触碰到了某个硬物。

"有了。"

找到了。我的推理——明神的推理是正确的。

我将埋入地下的东西挖了出来。

它被塑料袋层层包裹着。

因此，即便是两年后的今天，它仍未生锈，似乎仍能使用。

"扳手……"

明神喃喃说道。

没错，埋入地下的正是扳手。

这是用来拆下铁栅栏螺栓的工具，无须过多解释。

我将勺子换成了扳手，把胳膊探出窗框的缝隙，就这样卸下了螺栓。

虽然费了一些工夫，但四个螺栓还是尽数脱落。就这样，失去紧固件的铁栅栏掉到了窗外，落入茂密的杂草中，几乎没发出任何声音。

我收拾好随身物品，将其一起扔出窗外，然后自行爬了出去。

我率先稳稳地落在杂草上，明神紧跟着我，探出上半身不停扭动，试图钻出窗户。我伸手抱着她的腋下把她拖了出来。

待两人平安地站在地面上之后，我捡起掉落的螺栓和铁栅栏，将其原样固定。

自此，逃脱成功。

只要把挖扳手的坑填回去，就不会留下任何痕迹。

然而，当时的三峰学长并没有机会使用这种方法。

那是因为——

"松田学姐……"

虽说略有踌躇，但我还是相信学姐可以接受真相，于是开口说道：

"三峰学长是因为松田学姐一直盯着窗户和墙上的洞，所以没法使用这个办法。"

也就是说——

"并不是金宫学姐——而是你，松田学姐把三峰学长关进去的。"

正因为如此，明神的脑海里才没有浮现出犯人的名字。

确切地说，虽然想到了，明神自己却没有注意到。

因为两者是同一个人。

把我们关进仓库的始作俑者和新谜题的犯人是同一个人，因此两者混淆在了一起，看起来就像明神并没有得到天启一般。

"哈哈。"

阴郁的笑声传了过来。

"哈哈，啊哈哈。呼……哈哈。哈哈哈哈……我明白了。"

这笑声让人痛心不已。虽然我的内心没有松田学姐那么沉重，但仍充满了悔意。

真的应该告诉她吗？

真的应该揭露这个真相吗？

"对不起，伊吕波，让你做了这么奇怪的事情。"

"不，我一点都不这么觉得。"

"真是太丢脸了。这样啊，全都是我的错吗？都怪我，三峰才……"

"这并不是松田学姐的错！只是不凑巧而已。"

"只是不凑巧吗？"

学姐发出了讥嘲般的笑声。

"这种事情，一定就是所谓的'无缘'吧。"

我已经无法再说什么了。

松田学姐一直在寻求一个终点，一个绵延不断的痛苦记忆的终点。

最终，终点如愿到来。但这是一个比起背负创伤更让人感到痛苦的真相。

我该如何是好。

我该怎样拯救松田学姐。

"谢谢你，伊吕波。"

松田学姐一如既往地用温柔的声音说道：

"现在……我的心很乱，说实话，我真想哭出来，可是……到现在为止，我连哭都哭不出来，一直止步不前。所以……要是能跨越现在，一定……"

"松田学姐……!"

我鼓足全身的力气呼唤着手机另一头的她。

"请再向我咨询吧，不必来咨询室。什么事情都行，只要拨打我的手机，我会随时倾听……！"

"别这样……"她的话声因泪水而颤抖，却带着些微笑意，"要是你对我这么温柔……我可能会误会，最后喜欢上你的，就这样吧……！"

一段时间里，我隔着手机听着学姐的啜泣声。

这是我第一次听到一个人发自内心的啜泣。

＊

钢琴的旋律自远处传来。

那是孤独而纤细的音韵，虽然滞重且迟缓，却蕴含着一心向前的决心。

明神突然停下了玩拼图的手。

"那之后你见过她吗？"

不用问也知道她指的是谁。

我也停下了手中的功课，透过窗户望向操场，目光停留在角落的体育器材仓库上。

"没有，我没见过她，也没收到过她的消息。"

"你后悔吗？"

"不知道，可能有更好的方式。或许那是当时的我所能得出的最优解——你有答案吗？"

"……"

无可置疑。

无须争论。

在一瞬间，便可以完成所有解谜，抵达一切真相。

——号称如此的明神凛音却摇了摇头。

"如果知道的话……就不必那么辛苦了。"

没错。

正因为如此，我才会在这里——为了替她回答她本应给出的答案。

没错，明神并不是用来确认答案的装置。她本就和推理小说中的名侦探并不一样，我到底在问什么呢……

就在这时，传来了咨询室的门开启的声音。

是来访者吗？

陪着明神坐在窗边的我迅速回过神来，即刻站起身，望向了白色隔断的另一头。

站在那里的人是——

"明神老师……"

对方是这间心理咨询室的正主——明神芙蓉。

两年前，就是她封了松田学姐的口。

明神老师并没有跟我打招呼，而是一言不发，径直走向了架子上的咖啡机。

"凛音，你稍微离开一下。"

她没向我看上一眼，直接朝自己的妹妹下令道。

"这样更方便说话吧，伊吕波？"

这人把一切都看透了吗？

我想起了孩提时代看过的西游记绘本，无论跑得多快，等待在前方的都只是佛陀的五指。

我将目光投向窗边的明神。

明神正看着我，仿佛在询问我的意思。

"拜托了。"

我不能发号施令。

但明神还是点了点头，盖好了拼图，随即站起身来。

她一句话都没说就走出了房间，明神老师则端着咖啡坐在沙发上。

"好吧，你先坐下，总不能这样一直站着讲。"

听老师这么一说，我终于在她面前坐了下来，老师慢悠悠地从怀里掏出一盒百奇。

"伊吕波，只要不是在这个房间里进行的，那就是你个人的咨询，你没有义务向我报告，"明神老师一边说着，一边毫无紧张感地撕开了百奇的包装袋，"你虽然知道这一点，却还是不得不告诉我。"

"为什么呢？"

"因为你就是这样的孩子哦。"

这般言之凿凿的话语，比明神的推理更像神谕。

言毕，老师从包装袋里取出了巧克力点心。

"还是说你能对'恶'视而不见？"

……恶？是恶吗？

"这并不是'恶'。"

我下定了决心。

必须做好和这个人对峙的觉悟。

"你只是一个嫌疑人。"

"哦，"老师像叼着香烟一样衔着百奇的一头，平静地应了一声，"我先告诉你一件事——在世人眼中，这就被称为'恶'。"

我怎么会认可这种事情。

*

"以上就是松田学姐的咨询内容。"

当我详细讲完那晚发生的一切，坐在对面的明神老师啪的一声折断了衔在嘴里的百奇。

她一边嚼着留在嘴里的那头，一边说道：

"我知道了。看来你做得很不错，伊吕波。"

"什么？"

做得……很不错？

"你说我做得不错……凭什么？我说出了真相，松田学姐才会哭得如此悲伤。"

"做到这种程度就把事情解决了吗？算是相当不错了。"

"这种程度……！"

不，我想谈论的并不是这个。我必须冷静点，别让热血涌上脑袋。我所追求的只有真相——仅此而已。

"明神老师，我至今对您的为人仍捉摸不透。但我一直觉得，您是真正关心学生的，不然也不可能有那么多人来到这间咨询室。可为什么要封松田学姐的口呢？正因为您蛮横的手段，学姐才痛苦了整整两年。如果有什么隐情，请告诉我。"

"唔……"

明神老师交叠着修长的双腿，用手支撑着下巴，显得极为放松。

"伊吕波。"

"您说。"

"你觉得要是把所有事情都摆上台面，有谁会受益呢？"

"什么？"

她用那种感觉不到一丝干劲，一如往常的声音，狠狠地批评了我。

我不由得一愣，大脑一时间没法消化这种反差。

"你是不是被凛音带坏了？嘴上说着不要随随便便就把人称为罪犯，毅然站在她的对立面的，不是别人，正是你吧——现在的你，简直和警察没什么两样。伊吕波啊，你好像那些以莫须有的罪名逮捕你母亲的警察哦。"

"什……么……！"

我一时语塞。

她知道我母亲的事吗？不，如果是校方的人，这倒也不是不可能。可她居然说我和那些胡乱抓人的警察是一样的？

"你是说……我冤枉了你？你并没有隐瞒霸凌事件吗？"

"我可没这么说哦。老实说吧，我确实隐瞒了下来。因为那是能拯救所有人的唯一途径。"

"拯救所有人……？"

明神老师抽出一根新的百奇。

"这就是你所求的'原委'。三峰是非常优秀的学生。事实上，他在我们学校多少有些屈才，我早就认为，他最好转到一所更有助于培养他能力的学校。"

"啊……"

"但其中有一个障碍，正是她的恋人。因为和金宫交往的缘故，三峰并没有接受我的建议。你不觉得这很蠢吗？伊吕波。"

明神老师波澜不惊地说道。

她嘴里叼着百奇，表情淡然，仿佛在谈论一档电视节目。

"是否能够在合适的环境中度过十几岁的时光，是塑造一生命运的重要转折点。决不能因为一时的感情就轻率行事。那我该怎么办呢？从逻辑上讲，答案只有一个。"

"难不成……"

"别误会哦，仓库的事件并不是我策划的，那就是一场意外。我只是对被送去医院的三峰说'你那个女朋友金宫，比起晕倒的你，好像更在意垫子上的痕迹哦'。"

"……你！"

这个人……

这个人居然……

"你骗他是吗？你撒谎了！就是为了让他们分手！"

"别大喊大叫，我也不觉得欺骗别人是什么善行，但也有所谓善意的谎言。就结果来看，三峰转到了水准更高的高中，成绩已经上升到可以挑战东大的程度了。直到现在他还会打电话感谢我哦。"

"可……可是，那被留下的金宫学姐呢……"

"以失恋为契机，她得以全身心投入社团活动，仅仅一年就参加了高中校际比赛。并不是结果论，而是通过严谨的心理辅导，我判断金宫能够克服这一切。"

"那……那松田学姐呢？这两年来，她一直都在想着三峰学长的事……"

"伊吕波，关于这点，我还得好好感谢你呢。我当时觉得什么都不说才是最好的选择。松田的心理素质不高，我判断她无法忍受如此震撼的失恋。但没想到竟然还存在*以这点小伤就能解决问题的权宜之计*，对我来说可真是个盲点。"

"咦……?"

这点小伤？权宜之计？

听她的口气，简直……简直就像我对松田学姐说的话都是谎言一样。

"嗯？这样啊，原来你还不知道呢。"

"什么？我不知道什么……"

"我还以为你一定是考虑到松田的状况，才想出了这个可以让她接受的权宜之计，但也许只是你的推理出错了而已。原来如此，仔细想想，你并没有看到那个东西。就算是凛音，要是不知道那个，也很难找到*真正的真相*。"

我的推理是错的？

怎么会有这种事情。除此之外，还能有什么真相——

"放哪去了呢……"

明神老师嘟囔着站起身来，开始在墙边的架子上翻找。当她拉开了第三个抽屉的时候，突然说着"有了有了"，然后拿出了一个小盒子模样的物件。

"瞧，这就是两年前在体育器材仓库里没收的东西，幸亏没有嫌麻烦扔掉。"

我接过她随手抛来的盒子，什么东西？这厚度……什么？

"没用过吧？我想也是。"

鸡皮疙瘩瞬间爬满了我的脊背。

这……

怎么可能。

这是体育器材仓库里找到的吗？

明神老师一边嚼着百奇，一边面不改色地说道：

"对高中生来说，去酒店开个房也挺贵的吧？"

"就像电影里演的那样吧？清纯的松田肯定接受不了。"

"不可能。"

"那就来反驳我吧，未来的律师。"

她语气冰冷，机械般的眼神看不出一丝感情。

"如果你认定我在说谎，那就拿出证据来反驳吧。毫无依据的结论是没有说服力的。"

我紧咬牙关，从包里拿出了推理笔记。

我能想象得到明神老师所提出的假设——是下流的妄想，是恶趣的谣言。为了推翻这样的论断，我必须找出反驳的武器。

"仓库里的情形一直都在松田学姐的视线之内，你的意思是，他们是在这样的状况下做出那种行为的吗？"

"正因为这样才无可救药啊。伊吕波，你说你在仓库里的垫子上躺过是吧？当时你有看窗户吗？"

"看了，但这个——"

"你看到了什么？"

"星空。"

"只有这个对吧？你望不见隔壁民宅的窗户——也就是说，松田房间的窗户并不在你的视线之内。"

我合上推理笔记，深深叹了口气，仰面躺倒在垫子上。

透过嵌有铁栅栏的窗户，映入眼帘的唯有星光灿烂的夜空。

"没……没有看见。啊……"

是吗，是这样啊？

"既然如此，那么反之亦然。从松田房间的窗户里，同样看不见躺在垫子上的人。"

"啊啊……！"

"之后的事松田应该也提过吧？三峰'趴在垫子上做着什么'。就算看不见身子底下的人，也没什么可奇怪的。"

"可……可这并不是决定性的……!"

"伊吕波。"

就像叼着烟一样，老师嘴里衔着的百奇一阵晃动。

"想在田径比赛中取得好成绩，靠沾满尼古丁的肺可是行不通的哦。"

"什么？"

"垫子上留下的黑印，并不是什么烟灰。"

不是烟灰？

没错……这只是一个猜测，只是看起来像是如此，并没有仔细分析过成分。更何况，我们实际看到的东西，是松田学姐根据记忆的重现。

"一般来讲，如果在这样一个封闭的空间里抽烟，会弄得满房间都是烟吧。你自己也经历过吧？到处乱飘的灰尘怎么都不肯从窗户里飘出去，填满房间的烟气很快会附着在布料表面，把气味留在仓库里。要是在正在使用的仓库里留下烟味，肯定会带来问题。确实，有传言说金宫她们有抽烟的行为，但谣言就只是谣言。"

"可……可能吧。但那些痕迹是怎么回事？"

"金宫来过这间咨询室，对吧。那么，你应该也注意到了吧？"

"什……什么？"

"头发哦。"

明神老师指着自己的头顶。

"我今天刚看到过金宫，她的头发掉色还挺严重的。不管想不想看，都会注意到吧。"

"掉……掉色……"

金宫学姐的发根处——依稀露出了原本的浅色头发。

"松田几乎不化妆，确实不太像高中女生，又是一头乌黑亮丽的头发。染发这种事情，肯定在她的认知之外吧。所以她根本就没往那边想。再加上对金宫同学先入为主的观念，看到黑印的一瞬间就认定是香烟留下的。伊吕波，你就是这样被牵着鼻子走的。"

"黑发……被染黑的……?"

"即便你自己没染过，应该也想象得到吧? 染黑的头发在反复摩擦后，会留下什么样的痕迹。"

就像木炭反复摩擦留下的痕迹……

"除非金宫躺在垫子上，反复摩擦头部，否则不会留下这样的痕迹。"

"可……可是……并不一定是金宫学姐……其他人也有可能留下这些痕迹。"

"也是呢，毕竟那是跳高用的垫子——背越式的选手在落到垫子上的那一刻，染发剂是有可能会沾在上面。"

"哦，对对，没错! 只要有这种可能——"

"就算是这样——"

明神老师用手指叩了两下桌面。

"痕迹不是烟灰的结论并没有改变——你的推理还是会瓦解，对吧?"

"啊……"

"还是说，你想主张垫子上留下的是染发剂和烟灰两种痕迹? 松田有提供过这样的证词吗?"

或许是她看漏了——我本能地想喊出声来，但灌输进头脑的知识却将我拦了下来。

恶魔的证明。

既然不可能搜遍世界的角角落落，便无法断言世界上任何地方都不存在恶魔。正因为如此，举证责任才在主张"存在"的一方——

在这种情况下，主张"另有痕迹"的我应该出示证据。但我手上并没有这样东西——更重要的是，明神老师应该知道痕迹确实只有一种，无论我如何呼吁看漏的可能，知晓当时现场情况的老师和一无所知的我相比，在证言能力上有着天壤之别。

不行，这办法行不通。

必须寻找其他的反驳途径。因为，我好不容易找到了真相，还不惜让学姐流泪。如果这是错的，我该如何向学姐交代……！

"那个黑色的痕迹或许是染发剂的痕迹，但也有可能是烟灰，"我勉强憋出了这样的说辞，"这种可能性也是平等存在的，如果那天是金宫学姐第一次在仓库抽烟，就不会有味道。而这个小盒子，也不能断言就是三峰学长带进来的。只要是烟灰的可能性没法彻底排除，那就……！"

"好吧。"

明神老师架起修长的双腿，双手也舒缓地交叠在大腿上，背靠沙发，摆出放松的姿态。

"那就先把我的话完全否定好了。伊吕波，这样似乎对你更有帮助。"

"……嗯？"

明神老师薄唇微展，开始了行云流水般的推理。

"就当金宫和那帮跟班抽烟，烟灰掉在垫子上留下了痕迹，先假设确实是这样。在这种情况下，首先应该确定的事实是什么呢？那就是'她们是在什么时间段抽烟的'，伊吕波。你在推理的时候，假设是在当天的午休时间，对吧？没错，金宫放学后参加了社团活动，如果是前几天留下的，现在才想销毁未免太晚了。正常情况下自然会认为是在当天的午休时间。"

"你……你是说时间不对？"

"很难认为是在那个时间段，"老师轻描淡写地摇了摇头，"这是因为高三学生每天都会检查社团活动中用过的器材。"

"……啊。"

　　松田学姐带着温和的微笑看着我们的互动，走上前打开了我放在地板上的纸箱盖。

　　不管在哪个社团，检查备品原则上都是高三学生的任务，要是发现污损的情况，就要一丝不漏地记录下来，提交给学生会。

"只要发现污损都会毫无遗漏地记录下来，如果烟灰的痕迹是午休时间弄上去的，那理应会在社团活动的例行检查时发现，并留在官方的记录中。哪怕想要隐瞒，当时的金宫还是高一学生，就算可以欺负同班同学，也没法对高年级学生施压。这正是检查器材交由高三学生去做的原因。"

"也就是说，如果金宫学姐抽烟的话，是在器材检查结束之后……？"

"那么器材检查是什么时候进行的呢？这似乎在松田的证词中有所提及。"

"啊？"

"她应该说过'当催促离校的广播响起的时候，我才决定回家。通过仓库的窗户，我看到田径部的学姐正在里边检查'吧？那就是在检查器材吧。金宫若抽了烟，只可能是在完成检查之后到全体离校之间的一小段时间。"

"这……这也不是完全不可能吧？社团活动结束后抽一根烟放松一下……"

"也是呢。可是，伊吕波，检查是在催促离校的广播响起时进行的，作为总是陪着凛音留到那个时候的人，你应该很清楚广播响起的时间吧？"

"那是全体离校的前一刻钟，难道说……？"

"假设金宫是在那个时候落下了烟灰，那么三峰被叫去善后的时间必然在这之后，对吧？"

"——呃！"

"烟灰落下的时间最早也是在全体放学前的一刻钟。然而，三峰的家距离学校坐电车也要半小时的时间。"

——三峰说"我上学要坐半小时的电车呢"，我说"是吗，真辛苦啊"。

"当听从召唤的三峰赶到学校的时候，校门已经关了。当然了，要准备便利店便当、勺子和扳手之类的东西就更不可能了。"

回过神来，我已经变成一副垂头丧气的模样，唯有盯着咨询室的地板。

我的推理是以三峰学长放学后做足各种准备为前提的。而实际上，这些准备确实存在，我亲自找到了埋在地里的扳手，这无疑是最有力的证据。

可是——

三峰学长在放学后着手准备的事实，本身就证明了他之所以被关在仓库里，并不是因为垫子上留下了烟灰的痕迹……

烟灰痕迹有可能出现的时间点，仅限于全体放学前的短短一刻钟。

"不……"

我搜肠刮肚地想着。

还不能认输，现在下结论还为时过早。

"离校时间前一刻钟检查器材的时候，理应会发现烟灰的痕迹……是基于这样的前提吧？"

"没错。"

明神老师直视着我。

"要是有办法能绕过器材检查呢？"

我抬起头来，直视着那张比明神更加机械，更加面无表情的脸。

"比方说，要是把留下烟灰痕迹的垫子调换成备用的。"

"备用垫子？"老师把交叠的长腿调了个方向，"这种东西在哪里呢？"

"在哪……不是有吗？就在体育器材仓库的里边，除了放在地上的，应该还有两个——我确实亲眼见过！"

跨栏、投球、拔河绳、旧跳箱……靠墙还放着两个垫子，看起来比现在明神坐着的这个要新一些。

没错，确实有。我见过。那个仓库里有三块跳高用的垫子！

"那是两年前的事情之后购入的哦。"

老师冷淡地挡住了我的反驳。

"想要证据非常简单，只需查看购买记录就行。不过还是依照

212

你的视角来回答吧。伊吕波，根据松田的证词，你应该可以推断出当时只有一个垫子。"

"什么……?"

"当松田赶到空荡荡的体育仓库时，应该是这样说的吧'体育仓库里空荡荡的，门和锁都是打开的状态，里边一个人都没有。在连下脚的地方都找不见的仓库里，只有一张大号的垫子'。"

"只有一张大号的垫子……是，是的，她确实这么说过。但在那之前金宫学姐和老师都来过吧？有可能把其他垫子拿走了。"

"是有这种可能，但事实上并不是这样。"

"为，为什么?"

"在连下脚的地方都找不见的仓库里，哪有多余的空间可以放下跳高垫子呢?"

"……"

……啊。

我终于接受了。

啪，内心深处传来了所有的拼图完美嵌入的声音，没有欠缺，没有多余。

而这同时也是——

我的心碎裂的声音。

挫折。

失败。

大错特错。

在这一瞬间，我的内心已然承认了这些。

"自此，所有的反证都结束了，"明神老师说道，"所以当时的事情经过大概是这样的吧。"

她滴水不漏地封住了我的退路。

"首先，三峰和金宫事先有约，三峰之所以能在仓库里待到天明，金宫也待到了晚上，显然是他们早已向监护人做了某种解释。为此，三峰在放学后准备了食物和扳手，将它们带进校内。

"在准备的过程中，三峰被金宫的某个跟班发现了。金宫应该是在三峰被缠住之后才赶到的。她本想救出三峰，但又不想在其他人面前丢了面子，不得不在她们面前做戏。所以她想到了一个办法，把三峰关进了原本就打算潜入的体育器材仓库。

"就这样，三峰被锁进了仓库，金宫则带着钥匙先和女跟班一起回家。不对，这样时间会比较紧张，应该是找了个借口中途分手了吧。总而言之，她立即返回学校，与仓库里的三峰会合。

"这个时候，就轮到食物出场了。结束训练饥肠辘辘的金宫三下五除二就吃掉了便利店的便当，喝光了水。而三峰并不太饿，便没动自己那份甜面包和水。

"你似乎将三峰只喝掉了一瓶水解释为三峰为了打持久战而准备的，但其实还存在这样一种解释哦。虽然只是推测，但理应差不太远。

"接下来——细节部分只能略去，总之正戏开始了。待事情办完，稍作休息后，或许是想看时间吧，三峰拿起了手机。松田正好透过窗户看到了手机的光。

"幸好这时三峰的上半身还穿着衣服，两人的所作所为才没有暴露。尽管如此，他们还是慌得不行。为了蒙蔽松田的眼睛，三峰用笔记本回应了她的笔谈，在此期间让金宫出门逃走。

"三峰为了让松田看清笔记本，将其贴在了窗户的铁栅栏上，这自然是因为靠近一些容易看清，但三峰应该另有所图。没错，要是用笔记本遮住窗户，这样就能减少金宫逃跑时被发现的机会。而且，松田的注意力被笔记本吸引，自然就没法看见在黑暗中逃跑的金宫。

"这样一来，被留下来的三峰便只剩一个逃脱的办法，正是你推理出的，用藏在土里的扳手打开铁栅栏，从窗户逃脱的路径。为了防备教师或者勤务员意外闯入，金宫走的时候一定锁上了门。

"锁门的判断从结论来说是错误的。在放走金宫的时候，三峰根本没有料到松田会彻夜盯着窗户，他大概是觉得，过不了多久，松田就会放弃或者睡着。等到那时，自己便能趁机从窗户逃脱。

"然而，现实中先撑不住的是三峰自己。没有通风设施的仓库，闷热的夜里，和金宫做那种事造成的体力消耗——要克服这些，食物和饮水是不可或缺的，但在松田的监视下，他根本没法动这些东西。

"松田的视线封闭了体育器材仓库。

"接下来的事情，就像你从松田那里听到的一样。第二天一早，金宫赶到了仓库，发现了倒地不起的三峰，我当时就在现场。我从金宫口中得知了事情的经过。先让她回了家，然后开车把三峰送到医院。

"刚把三峰从仓库搬走，我就遇见了松田。看到她的表情，我就猜到了事情的原委，并给了她就当没事发生的建议。"

说到这里，明神老师拿起马克杯，喝了一口咖啡。

"以上就是两年前神隐事件的真相——没什么可说的吧，伊吕波？"

面对明神老师的询问，我连点头的气力都丧失了。

真相如此昭然，令人无可奈何。

老师放下了交叠的双腿，撕开一袋新的百奇。

"你也别那么丧气，"老师咔嚓咔嚓咬着百奇，用毫无色彩的声音说道，"人往往是在刚刚开始习惯的时候，最容易失败，这次也算是歪打正着，作为一次失败，已经算是相当出色的了——倒不如说，你能够一直以来都没有失误，跟随着凛音的'天启'，属实不易呢。"

"你是说……明神……已经知道这一切了吗？"

"真是不像你的疏忽啊，伊吕波。松懈了吗？就像倦怠期的情侣忘记说甜言蜜语一样，还是说你把凛音当成普通的女生了呢？如果你自以为看清了一切，却错过了重要信息，那说明你的能力还远远不足。"

重要的信息……？

与真相相关的线索，难道明神早就向我展示了吗？

"我当时并不在场，所以只能推测。伊吕波，我问你，在发现垫子的污痕，并听了松田的讲述后，凛音是不是变得不肯靠近垫子了？"

"啊。"

——先把垫子翻回去吧，你拿另一头。

"凛音没有那方面的经验，伊吕波，你应该比我更清楚吧。"

——不要，太脏了！

"从你的角度来看，这应该很明显吧。要是凛音知道在同一个地方发生过那样的事情，她会作何反应呢？"

——你不是在上面坐了很久了吗？

听我这么一说，明神露出嫌弃的表情，蓦然别过脸去。

"啊啊……啊啊！"

难不成竟然看漏了，我……

她就在我身边，近在咫尺！可我……

"我再重复一遍，别这么丧气。"

老师吃完最后一根百奇，就这样站了起来。

"我不会因为这一次的失误就不让你靠近凛音，也不会收回综合评价分的事，希望你能将对这件事的反思化为动力，今后尽可能地帮助那些怀有烦恼的学生们。只不过……"

明神老师俯视着我，然后用纯粹的教育者的口吻说：

"如果你这次真的找到了真相——你会对松田做什么呢？思考一下吧。"

那句话刺中了我。

深深地刺了进去，直指灵魂的深处。

"真相不一定能救人哦，伊吕波。"

我的灵魂已然被明神老师的忠告禁锢住了。

我终于意识到，自己之前做的事情有多么自以为是。

揭露他人的真相，并将其赤裸裸地展示在某人面前，是多么可怕的事情。

我已经……明白了。

回过神来的时候，明神老师已经不在了。

耳边唯有时钟的滴答声。

唯有那个声音证明我的时间仍在流逝。

少顷——

"……"

咔嚓一声，门被打开了。

明神凛音望着枯坐在沙发上的我。

她默默无言，只是像往常一样，向着白色隔板的另一边——

"……?"

"……"

——她并没有去往那里。

明神她……依旧一言不发，扑通一声坐在了我的身旁。

时间在困惑中缓缓流逝。

待秒针的滴答声响过六十次后，明神终于开了口。

"看来你被敲打得挺厉害呢。"

我低头盯着自己的膝盖，不由得露出了自嘲的笑容。

"是呢，感觉自己被彻底否定了。"

我的双手无力地垂在大腿两侧，根本抬不起来。

又过了片刻——右手突然被某个光滑而温暖的物体包裹住了。

"唉……"

明神并没有看向我。

她面朝前方，轻轻地把自己的手叠在我的手上。

"被那个人以正论击倒的痛苦……我最清楚不过了。"

……哈哈。

那个明神居然在安慰我。

我也真是……堕落了啊。

"喂，明神。"

"怎么了？"

"我们……我所做的一切，是不是多余的？"

挖掘那些百无一用的真相，附上证明书，郑重其事地摆在当事人面前，并以此为乐……难不成只是单纯的恶趣味吗？

我和那些冤枉母亲的警察，还有在网上肆意谈论的人们，有什么本质上的区别吗？

要是我只关心这些细枝末节，错过了重要的委托人的信息——我还能像他一样，坚定不移地支持弱者吗？

"我不知道。"

听到她严厉的回答，我的表情微微缓和了一些，也是啊……

"这种事只有当事人才明白，连姐姐也不知道。"

接下来的话却令我情不自禁地抬起了头。

明神一脸不悦，仿佛在瞪视着什么。

"我一直都不喜欢，那人擅自把标准答案强塞给别人的态度！我会犯错，你会犯错，姐姐一定也会犯错！难道不是吗？"

明神涨红了脸，一副快要哭出来的样子，气势汹汹地看向了我。

"伊吕波同学，你就是你……！你是我的律师吧？是我的代理人吧？你是代理我发言的人，没错吧？如果是这样，为什么说得好像自己做错了一样！你用我的推理给出了答案，要是伤害到什么人，责任不该在我身上吗？那你为什么不责怪我呢？"

"我……怎么可能做出这种事！"

面对以异乎寻常的气势逼问我的明神，我也不由得探出身子发出反驳。

"就算是你的推理，也是我决定要传达出去的。而且，我错了。我并没有完全理解你的想法。这样的话，难道责任不在我身上吗？只管思考，不曾说话的你究竟能有什么责任！"

"这种事——真理不言自明，不是吗？"

明神坚定地宣告道。在重叠的手上施加了力道。

"我当时也在场，看到了与你相同的光景，听到了相同的话。这就是我的责任。"

……这算什么。

这样的说法哪怕翻遍六法全书也找不到，根本不存在光是身处现场就会产生的责任。

真是的……你未免太不擅长解释了。

用这种模糊不清的语言，任何事情都传达不出来。你想说的话，我根本无法理解；你内心真正的想法，没有丝毫能够抵达我这里。结果，只是陷入了这样无意义的争论之中。

——不过，我明白了。

只要看到你的脸庞就能知晓。

只要透过你的瞳孔就能看清。

望见你绯红的脸颊，颤动的嘴唇——还有紧握着我的手，我就明白了。

这次虽有些许失误，不过，这一次你也试着用自己的言语将之传达。

一个月的时间并不算短……不至于连这都无法理解……

在这一个月里，我和你都有所成长。

嗯……是啊。只要能理解的话——

我回握住明神的手。

如果你明白，我也明白，就再无必要传达给其他人……既然如此，讲述推理又有什么必要呢？

真理不言自明，毋庸置疑。

"总有一天，我会让那个满嘴正论的怪物露出无能狂吠的表情。"

看着表明决心的明神，我露出了笑容。

"不管目的如何——对不起，作为律师，我有一些逾越了。"

"知道就好。"

说着，明神露出了满足的微笑。

接下来……

接下来该说什么？

"……"

"……"

一时间相对无言。

我就这样坐在沙发上，两人手握着手，近距离望着对方，却不知从何说起。

明神也是如此，有那么一段时间，我们变成了只会双手交叠，四目相对的男女。

又过了一会儿，明神战战兢兢地缩回探出的身体，就这样移开了视线。

"汗津津的手太恶心了。"

这句话令我的大脑瞬间重启。

"你才黏嗒嗒的吧？"

"能不能别搞这些耍小聪明的印象操控，搞得我好像很在意你一样。"

"你才应该收手呢。难不成一句恶心就会让我退缩吗？我会坚决反对这种毫无根据的诬告，一直上诉到最高法院。"

"才不是诬告，真的湿漉漉的！"

"毕竟是夏天啊，出点汗很正常的！"

"你承认了！承认了吧！"

现在的我，尚且没有自信抱住她的肩膀。

但比肩而立应该是没问题的。

因为我和她都会犯错，都会沮丧，都只是一介凡人罢了。

间　章

当我抬头看向透矢的背影时，不禁感到了惊讶。

"这家伙在做什么？"

在漫画里，被主人公庇护的女主角会立刻怦然心动，但现实不尽如此。他的话我一点都听不懂，在那种状况下，他居然选择站在我这边，着实莫名其妙。如今回想起来，我甚至觉得明神挺可怜的。我非但没感到兴奋，反倒觉得兴致全无。

所以，当周围对我和透矢的扯不清的关系说三道四时，我都会发自内心地给予回应。

"你喜欢伊吕波吗？"

"怎么可能啊！"

我以前也经常讲这种八卦，可为什么只要男女走得近一些，就会给人留下这样的印象呢？

我只是单纯地感到惊讶，真的很不可思议。

我只是好奇伊吕波透矢究竟怀抱着怎样的想法生活至今。

当然了，正因为透矢当时的介入，才使我冷静下来。当时的我完全昏了头，这点惩罚本是理所应当。我觉得自己根本没错，却被狠狠地揍了一顿，愈加怒不可遏。

就在这个时候，他突然插了进来，喋喋不休地说着莫名其妙的话，然后明神就离开了。

就在这时……我终于注意到了。

自己做了件极其荒唐，极其丢脸的事。

与此时的我相比……这个不看气氛，莫名其妙的书呆子反倒更加坦荡。

我并不想成为透矢那样的人，绝对不想。

不过，看着透矢一身正气的样子，我觉得大概总有一天，我会坦诚地向明神道一句歉……或许真有这一天，也未可知。

＊

"透矢，今天有空吗？"

放学后，我找透矢搭话。他一边慢条斯理地把教科书塞进书包，一边说：

"我没有空。"

"反正你只是回家学习吧，不是闲得很吗？"

"学习是正经的事情，而且我不是说过放学后要去心理咨询室吗？"

"是去帮芙蓉老师的忙吗？你不用休息啊？"

"要是有空休息我当然乐意。"

"听别人的咨询就那么有趣吗？"

"我倒也不觉得有趣，但总比帮某人擦屁股，解决忘记的作业要有意义。"

"咕!"

忘做作业向透矢哭诉的次数已经数不胜数了。

"作为报答，我不是告诉你哪里能吃到美味的甜品了吗？"

"要不然我们现在也不会在这里说话了，虽然你的态度和成绩徘徊在挂科的边缘，但意外地守规矩，这点值得肯定。"

"哇，真是高高在上。"

"要是不喜欢被人俯视，那就好好努力吧。"

真搞不明白这家伙究竟是好人还是混蛋。他对待其他同学明明挺温柔的。

"好吧，有空的时候就给我发条消息，我有一家想和你一起去的店呢。"

"到了休息天应该就有空了。"

"休息天吗？"

这简直就是如假包换的约会。

……好吧，算了。

"好的，可别忘记了哦，要是忘了，我会给你打电话的。"

"这样很烦人的。了解。"

废话真多。

目送透矢离开教室后，我也开始收拾东西准备回家。

我也找个社团参加活动比较好吧。每次放学后无所事事之时，我都会萌生这样的念头。但我想不出有什么特别想加入的社团。我是小个子，不怎么擅长运动，文化类社团又闷得慌，没什么吸引力。最后还是觉得坚持放学回家比较适合我。

不过，透矢也没参加什么社团活动，只是帮忙咨询而已，他到底在忙什么呢？

从六月初开始，透矢就不再和我一起放学回家了。对，他说自己是被明神老师叫过去的，然后又刨根究底地问了有关明神同学的事，从那时候起——

光是想想就觉得气闷。按透矢的说法，明神似乎对我们没什么特别的想法。怎么可以这样，明明经历了那样的事！我这几个月都在纠结怎么向她道歉，对方却完全不当回事！

当我们面对面的时候，要是她摆出一副"这人是谁"的表情，我大概会忍不住爆发吧。或许这回我会成为揍人的一方。好吧，我知道自己没资格这么做。我知道！

那件事已经在我的内心深深扎根，再难忘却。然而，遭遇了如此苛待的对方却表示自己并不在乎。总觉得，该怎么说呢，难以释怀啊！

说到难以释怀，透矢的事情也是同样。

透矢和明神到底是怎么认识的呢？当时我并未问清楚。

这件事发生在透矢被芙蓉老师——明神的姐姐叫去以后，所以应该与此有关吧。还有，明神同学现在在做什么呢？我还以为她只是一直窝在家里。就算透矢是个大好人，老师也不会把一个男生带进妹妹房间吧？

谜团的气息越来越浓。

根据我从周围人那里打探到的消息，透矢的咨询似乎很受欢迎，真是不可思议。透矢似乎挺爱管闲事的，但老实说，这家伙的态度实在不怎么样。在我面前，他说的基本都是惹我火大的话，难道他也有假装老实的一面？如果是这样的话，我倒有点想要见识一下。

虽说这只是个借口罢了。

归根到底，我就是闲得发慌，想去登门打扰一下。

这和去朋友打工的地方转悠是一个道理。

"去瞧瞧吧。"

虽然可能会给他添麻烦，但看到透矢不胜其烦的样子也很有趣。

＊

我踏上初次涉足的走廊，朝着心理咨询室进发。

这周边好冷清啊——周遭安静得令人感到一丝不安，唯有自己的脚步声在耳边回响。尽管操场的喧嚣声隐约传来，身边却不见一个人影，让人产生莫名的疏离感，就像被世界遗忘了一样。

沉浸在这般奇妙的感觉中，我很快就找到了咨询室。

就是这里吗？

哇，有点紧张了。

来咨询的人都是这样的感觉吗？我虽然没什么烦恼，但如果真有什么深刻的怨念，又会以怎样的心情打开这扇门呢？虽然我的脑子不太好使，全然无法想象。

怎么办，要回去吗？

不行不行，来都来了，怎么能打道回府呢？也太怂了吧。

可是，在进门之前，我想偷偷观察一下里边的情况。

"打扰了……"

我一边用大梦初醒般的呢喃打了招呼，一边推开了门。

映入眼帘的是一套沙发，上面放着一个眼熟的书包，正是透矢的东西。

看到这个包后，我的内心稍稍安定了一些，便把门完全打了开来。

咨询室比想象中要舒适得多。这里有冲咖啡的机器，有点心，甚至还有漫画，更重要的是空调的温度非常舒适。

哇，原来是这样的地方。难怪这环境会让人想待久一些。

不过透矢到底去哪儿了呢？只见包不见人……难不成去洗手间了？

"嗯……"

"别出声……"

啊？

白色隔板后边传来了古怪的声音。

声音听起来十分耳熟。

"啊呜……伊吕波，同学……你轻一点……呜……"

"不行啊……你都已经这样了……!"

"啊! 呜呜呜……!"

不……不可能，绝对不可能的。那个透矢……那个书呆子……居然在大白天，在这种没人的地方……

我的心怦怦直跳。这是什么样的感觉？焦虑？害怕？我为什么会这样……

想要逃离这里。

与此同时，我又想确认清楚。

他和我疏远的原因就在这里吗……我想亲眼确认一下答案。

我慢慢靠近房间深处的白色隔板。

每向前一步，隔板背后的声音和气息就浓一分。

"不，不行了……我，我已经……!"

"喂，老实一点……! 不要起来，我绝对不会让你逃掉的，绝对……"

嘎嘎，咚! 传来一声巨响。

紧接着，我望向了白色隔板的另一边。

在那里的是——

"哎哟哟，都怪你乱动，害得我摔了一跤。很危险的!"

"都怪你太用力了，你想捏碎我的肩膀吗？"

"在被我捏碎之前，你的身体就会被经济舱综合征搞垮。"

那边是四肢着地的透矢。

还有被他压在身下的明神。

"……嗯?"

"……呀?"

两个人的视线同时投向了我。

我按捺不住发问的冲动。

眼前的疑问,眼前的谜团,都让我不得不提问。

于我而言——这幅光景并非什么不言自明的真理。

"你……你们在做什么?"